검은 수사

검은 수사

안톤 체호프 지음
이상원 옮김

체호프는 단연코 세계 최고의 단편 소설 작가다.

– 레프 톨스토이

> 유머를 아는 사람들에게
> 체호프의 작품은 슬프다. 다시 말해,
> 유머 감각을 지닌 독자들만이
> 그 슬픔을 진정으로 느낄 수 있다.
>
> – 블라디미르 나보코프

체호프만큼 단순한 것을 훌륭하게
그리는 사람은 없다. 러시아 단편 소설은
체호프, 푸시킨, 투르게네프에 의해 완성되었다.

– 막심 고리키

체호프는 단편적인 사건들로 하나의 조화를
이뤄 내는 예민한 감각을 가졌으며, 인간관계의
미묘함을 가장 섬세하게 분석해 내는 작가다.

– 버지니아 울프

체호프는 100년 전에 바다으로 가라앉은
사람들에 대해 썼다. 체호프는 그들이
스스로 말할 수 있는 방편을 찾아낸 것이다.

– 레이먼드 카버

차례

반카	9
학생	21
상자 속의 사나이	31
기우	61
검은 수사	73
작품 해설	145
더 알아보기	157

반카

반카는 아홉 살짜리 사내아이였다. 석 달 전부터 제화공 알랴힌 밑에서 일을 배우고 있었다. 성탄 전날 밤, 반카는 잠자리에 들지 않고 제화공 식구와 다른 견습공들이 미사를 드리러 갈 때까지 기다렸다.

모두 떠나고 조용해지자 꺼내온 잉크와 펜, 그리고 구겨진 종이 한 장을 앞에 놓은 채 편지를 쓰기 시작했다. 첫 글자를 쓰기 전 반카는 몇 번이고 겁먹은 눈으로 문과 창문 쪽을 흘끗거렸다. 선반 위 구두 모형들 옆에 놓인 어두운 성상聖像을 곁눈질하다가 한숨을 쉬기도 했다. 의자 위에 종이를 펴놓고 반카는 그 앞에 무릎을 꿇고 앉아 편지를 써 내려갔다.

'사랑하는 할아버지께, 성탄을 축하드려요. 신의 은총이 할아버지께 내리길 빌어요. 엄마도 아빠도 없는 제게는 할아버지 한 분뿐이에요.'

반카는 어두운 창문을 바라보았다. 촛불이 반사되어 어른거리는 가운데 지주 지바레프 댁에서 야간 경비원으로 일하는 할아버지의 모습이 또렷이 떠올랐다. 할아버지는 체구가 작고 여위긴 했어도 예순다섯의 노인답지 않게 민첩하고 활기찼다. 늘 웃는 얼굴에 술 취한 눈빛이었다. 낮에는 북적거리는 부엌 한 귀퉁이에서 잠을 자거나 요리사 아줌마들과 농담하며 시간을 보냈지만 밤이면 헐렁한 외투를 입고 나무 막대기로 딱딱 소리를 내면서 저택 주위를 돌아다녔다. 늙은 개 '카슈탄카'와 약삭빠른 수캐 '미꾸라지'란 녀석이 할아버지 뒤를 따랐다. 미꾸라지란 이름은 기다랗고 검은 몸 때문에 붙은 것이었다. 미꾸라지는 말을 잘 들었고, 잘 아는 사람이나 낯선 사람 모두 잘 따랐지만 신용이 없는 녀석이었다. 그 순종 뒤에 교활함이 숨어 있었던 것이다. 살금살금 다가가 다리를 물어버린다거나 지하실로 숨어들어 농부의 암탉을 훔치는 데는 미꾸라지를 따를 개가 없었다. 뒷다리가 부러진 것만도 여러 번이었고 두 번인가는 거꾸로 매달려 혼쭐나기도 했다. 일주일이 멀다 하고 초주검이 되도록 얻어맞아도 미꾸라지는 언제나 팔팔하게 살아났다.

'지금쯤 할아버지는 문 앞에 서서 색색깔로 밝혀진 교회 창문을 바라보며 눈을 찡그리고 계시겠지. 장화 신은 발을 건들거리며 다른 하인들과 어울려 우스갯소리를 하실 거야. 허리에는 늘 그렇듯이 막대기가 매달려 있고. 추위에 곱은 손을 연신 비벼가며 킬킬거리다가 하녀나 요리사를 슬쩍 꼬집을지도 몰라.

"냄새 한번 맡아보시겠수?"

할아버지는 아줌마들에게 코담뱃갑을 내밀기도 한다. 아줌마들은 냄새를 맡고 재채기를 해댄다. 그러면 할아버지는 재미있어 어쩔 줄 모르며 배를 잡고 웃으신다.

개들한테도 코담배 냄새를 맡게 한다. 카슈탄카는 재채기하며 고개를 절레절레 흔들고는 기분 나쁜 듯 한구석으로 물러난다. 미꾸라지란 녀석은 억지로 재채기를 참고 꼬리를 칠 거야.

날씨는 또 얼마나 좋은지. 대기는 고요하고 신선하다. 어두운 밤에도 하얀 지붕과 굴뚝에서 솟아오르는 연기, 서리 내린 은빛 나무들 그리고 눈더미까지 모두 훤히 보인다. 하늘은 즐겁게 반짝이는 별들로 가득하고 은하수는 성탄을 맞아 눈으로 문질러 닦아낸 것처럼 그렇게 선명할 거야…….'

반카는 한숨을 내쉬고는 다시 펜에 잉크를 찍어 써 내려갔다.

'어제는 주인아저씨가 저를 막 때렸어요. 주인댁 아기 요람을 흔들다가 깜박 잠이 들었거든요. 그랬더니 제 머리채를 잡고 마당까지 질질 끌고 나가 가죽끈으로 호되게 때리지 않겠어요. 또 지난주에는 주인아주머니가 청어를 다듬으라길래 꼬리부터 시작했더니 아주머니가 청어를 집어 들고 대가리로 제 얼굴을 쿡쿡 찔러댔어요.

견습공들도 저를 아주 업신여겨요. 술집에서 보드카를 사 오라는 심부름을 시키고 또 주인댁에서 오이도 강제로 훔쳐내게 했어요. 그러자 주인은 닥치는 대로 저를 때렸어요.

먹는 것도 엉망이에요. 아침은 빵 한 쪽, 점심은 옥수수죽, 그리고 저녁은 다시 빵이지요. 차나 수프 같은 건 주인댁 식구들만 게걸스레 먹을 뿐이에요.

제 잠자리는 건초 위예요. 하지만 주인댁 아기가 울면 요람을 흔들어야 하니 제대로 잘 수가 없어요.

사랑하는 할아버지, 제발 저를 시골집으로 다시 데려가 주세요. 여기서는 배우는 것도 아무것도 없어

요. 무릎 꿇고 빌게요. 여기서 절 데려가 주세요. 그렇지 않으면 전 죽고 말 거예요.'

반카는 더러운 손으로 눈가를 닦아내고 훌쩍였다.

'제가 담뱃잎도 부수어드릴게요. 기도도 드리고요. 혹시라도 제가 잘못한 게 있다면 얼마든지 저를 때리세요. 제가 할 수 있는 일이 없다고 생각하지 마세요. 관리인 아저씨 장화를 닦을 수도 있그 페드카 대신 양치기를 해도 좋아요.

보고 싶은 할아버지, 여기서는 아무 희망이 없어요. 죽는 일밖에는요. 당장 시골로 달려가고 싶지만, 장화도 없고 얼어 죽을까 봐 겁이 나요.

제가 어른이 되면 할아버지를 잘 보살펴드릴게요. 아무도 할아버지를 함부로 대하지 못하도록 하겠어요. 그리고 할아버지가 돌아가시고 나면 엄마가 돌아가셨을 때 그랬던 것처럼 할아버지의 안식을 위해 기도드릴 거예요.

모스크바는 정말 큰 도시예요. 집들은 전부 주인댁만큼이나 커요. 말馬은 많지만 양羊은 없어요. 개들도 착해요. 여기 아이들은 별이 뜨고 나면 밖에 돌아다니지 않아요. 교회 성가대석에선 아무나 가서 노래 부르지 못하게 되어 있어요.

한번은 상점 진열창에서 줄이 달린 낚싯바늘을 보았어요. 아주 좋은 낚싯바늘인데 어떤 건 20킬로그램 넘는 메기도 잡을 수 있을 정도예요. 또 귀족 나리들 것하고 비슷하게 생긴 여러 가지 권총을 파는 가게도 보았어요. 글쎄 한 자루에 100루블도 넘는대요.

고깃간에는 멧닭도 있고 들꿩, 토끼까지 있어요. 그걸 다 어디서 잡은 거냐고 물어보았지만 아무도 대답해 주지 않았어요.

사랑하는 할아버지, 주인댁에서 성탄 나무 장식을 하면 금박 입힌 호두를 하나 제 몫으로 떼어 초록색 상자에 넣어주세요. 올가 아주머니에게 반카 것을 챙겨달라고 말씀하시면 될 거예요.'

반카는 한숨을 내쉬며 다시 창문 쪽을 쳐다보았다. 주인댁 성탄 나무를 베러 숲에 갈 때면 할아버지는 늘 손자를 데리고 다녔다. 그럴 때는 정말 얼마나 즐거웠는지! 할아버지가 소리를 치면 차가운 바람도 큰 소리를 내고 그 광경을 바라보며 반카 역시 신나게 소리를 질렀다. 나무를 베기 전 할아버지는 담배를 피우고 오랫동안 코담배 냄새를 맡으며 새빨갛게 언 반카를 놀려대곤 했지…….

서리를 뒤집어쓴 어린 전나무들은 꼼짝 않고 서서 누가 베어져 죽게 될지 기다리는 것 같다. 갑자기 눈더미 사이에서 산토끼 한 마리가 나타나 쏜살같이 달아난다. 그러면 할아버지는 고함을 지르신다.

"잡아라, 잡아! 저런, 꼬리는 짧은 놈이 빠르기도 하군!"

할아버지가 성탄 나무를 베어 주인댁에 들여놓으면 장식이 시작되었다. 반카가 좋아하는 올가 아줌마가 신경을 제일 많이 쓰고 분주했다. 반카의 엄마 펠라게야가 죽기 전 주인댁 하녀로 일하고 있을 때, 올가 아줌마는 반카에게 사탕도 주고 짬이 날 때마다 읽고 쓰기, 100까지 숫자 세기, 심지어는 춤추는 법까지 가르쳐주었다. 하지만 엄마가 죽고 고아가 된 반카는 부엌의 할아버지한테로 밀려났고 마침내 모스크바의 제화공 알랴힌에게 보내진 것이다.

'제발 오셔서 저를 데려가 주세요. 제발요……. 고아인 저를 불쌍히 여겨주세요. 모두 저를 때리기만 해요. 전 늘 몹시 배가 고파요. 슬픈 것은 말할 것도 없고요. 입만 열면 울음이 나오는걸요. 얼마 전에는 주인 어른한테 각목으로 머리를 맞는 바람에 간신히 정신을 차렸을 정도예요. 제 생활은 개만도 못해요.

알료나, 애꾸눈 에고르카와 마부 아저씨께 안부 전해주세요. 그리고 제 아코디언은 아무한테도 주시면 안 돼요.

사랑하는 할아버지, 저를 데리러 어서 오세요.'

반카는 편지를 반으로 접어 전날 사둔 봉투에 넣었다. 잠시 궁리하다가 펜에 잉크를 적셔 주소를 썼다.

'시골에 계신 할아버지께.'

머리를 긁적이며 다시 생각하더니 '콘스탄틴 마카르이치'라고 덧붙였다. 편지를 쓰는 동안 아무 방해도 받지 않은 것이 만족스러웠다. 반카는 모자를 쓰고 셔츠 바람으로 외투도 걸치지 않은 채 거리로 뛰어나갔다.

편지를 우체통에 넣으면 술에 취한 마부가 끄는 우편 마차가 종을 울리며 그 편지를 세상 어디라도 배달해 준다는 얘기를 고깃간 사람들이 해주었다. 반카는 가장 가까운 우체통으로 뛰어가 그 소중한 편지를 집어넣었다. 한 시간쯤 지나 반카는 달콤한 기대에 차서 깊이 잠들었다…….

꿈속에 커다란 벽난로가 보인다. 난로 옆에 할아버지가 앉아 요리사 아줌마들에게 편지를 읽어준다. 난로 주위로 약삭빠른 수캐 미꾸라지가 꼬리를 흔들며 돌아다닌다.

학생

처음에는 화창하고 평화로운 날씨였다. 개똥지빠귀들이 울었고 그 근처 늪지에서도 무언가 구슬픈 소리가 들려왔다. 빈 병을 불었을 때 나는 소리와 똑같았다. 도요새 한 마리가 긴 울음소리를 내는가 싶더니 총소리가 울렸다. 총소리는 힘차면서도 경쾌하게 봄 공기를 갈랐다. 하지만 숲이 어둠에 잠기고 때마침 살을 에는 듯한 차가운 바람이 동쪽에서부터 불어오자 모든 것이 쥐 죽은 듯 조용해졌다. 웅덩이 위에 살얼음이 생기기 시작했고 숲은 황량한 모습으로 변했다. 겨울 냄새가 났다.

신학교 학생이자 교회 잡일꾼의 아들인 이반 벨리코폴스키는 어서 집에 가고 싶은 마음에 걸음을 재촉하며 목초지의 오솔길을 지나고 있었다. 손가락이 꽁꽁 얼었고 거센 바람 탓에 뺨이 붉어졌다. 갑자기 몰아닥친 추위가 모든 질서와 조화를 깨뜨리는 듯 여겨졌다. 자연조차 겁에 질려 유난히 빨리 저녁 어둠을 내리는 것 같기도 했다. 주위에 인적은 전혀 없었고 그래서 그런지 더욱 깜깜하게 느껴졌다. 눈에 들어오는 불빛이라고는 강 근처 과부네 채소밭의 모닥불뿐이었다. 그 바깥쪽, 그리고 4킬로미터쯤 지나 마을이 있는 곳조차도 온통 차가운 저녁 어둠에 싸여 있었다.

학생은 집에서 출발하던 때를 떠올렸다. 어머니는 맨발로 마른풀을 깔고 앉아 사모바르[1]를 닦고 있었고 아버지는 벽난로 옆에 누워 기침을 했었다. 예수 수난일인 성 금요일이었기 때문에 먹을 것은 아무것도 없었고 너무나 배가 고팠다. 그리고 지금 추위에 몸을 웅크리면서 학생은 9세기 류리크의 시대에도, 16세기 이반 뇌제의 시대에도, 18세기 표트르 대제의 시대에도 똑같이 이런 바람이 불었으리라 생각했다. 지독한 가난과 허기도 마찬가지였을 테고 구멍투성이 초가지붕과 무지몽매한 사람들, 슬픔, 인적 없는 평원과 어둠, 무거운 마음도 같았으리라. 이 모든 고통은 과거에도 있었고 미래에도 있을 것이며 설령 천년 후라 해도 삶은 그다지 나아지지 않을 것이다.

---

[1] 러시아식 주전자_편집자 주.

그런 생각을 하다 보니 집에 가고 싶은 마음이 사라졌다.

과부네는 모녀 사이인 두 주인이 모두 과부인 탓에 붙여진 이름이었다. 모닥불이 탁탁 소리를 내며 타올라 채소밭을 멀리까지 비추며 온기를 퍼뜨렸다. 어머니인 바실리사는 키가 크고 몸이 통통한 노파로 남성용 외투를 입고 생각에 잠긴 채 불길을 바라보고 서 있었다. 작은 키에 곰보 얼굴이 멍청해 보이는 딸 루케리아는 땅바닥에 앉아 냄비와 숟가락을 닦고 있었다. 방금 저녁을 먹은 것이 분명했다. 남자들 목소리도 들렸다. 일꾼들이 강에서 말에게 물을 먹이는 중이었다.

"겨울이 되돌아온 모양입니다. 안녕들 하세요?"

학생이 말했다. 바실리사는 흠칫 놀라다가 곧 학생을 알아보고 따뜻한 미소를 지었다.

"미처 못 알아보았군요. 신의 은총이 함께하셔서 훌륭한 사람이 되기를!"

한때 여러 집을 다니며 유모와 보도로 일했던 바실리사의 말투는 아주 상냥했다. 얼굴에서도 부드러운 미소가 떠나지 않았다. 반면 남편에게 몹시 시달리며 살았던 평범한 시골 아낙인 루케리아는 가는 눈을 뜬 채 잠자코 학생을 바라볼 뿐이었다. 귀머거리 같이 무표정한 모습이었다.

"베드로 성자가 모닥불을 쬐던 추운 밤과 정말 똑같군요."

학생이 모닥불 쪽으로 손을 내밀면서 말했다.

"그러니까 그 시절에도 이렇게 추웠단 얘기죠. 아, 얼마나 이상한 밤이었을까요? 지독하게 음울하고 긴 밤이었죠!"

사방에 깔린 어둠을 바라보던 학생이 갑자기 고개를 좌우로 흔들더니 다시 입을 열었다.

"미사에 꼬박꼬박 참석하시지요?"

"네."

바실리아가 대답했다.

"기억하시겠지만 최후의 만찬에서 베드로는 예수에게 '암흑 속으로도, 죽음을 향해서도 함께 갈 준비가 되어 있다.'고 말했지요. 예수는 이에 대해 '베드로, 너는 오늘 닭이 울기 전에 세 번이나 나를 모른다고 부인하게 될 것이다.'고 답했어요. 만찬 후 예수는 동산에서 한없이 비통해하며 기도를 올렸고 완전히 지쳐버린 베드로는 절로 눈꺼풀이 내려와 도저히 잠을 이기지 못하는 상태가 되어버렸어요. 그리고 잠이 들었죠. 그다음에는 알고 계신 것처럼 유다가 예수에게 다가가 입을 맞추었고 박해자들이 예수를 체포했어요. 예수는 꽁꽁 묶여 대제사장에게 끌려가면서 마구 맞기 시작했어요. 두려움과 슬픔에 완전히 넋이 나가버린 베드로는 끔찍한 일이 일어날 것을 예감하며 뒤따라갔죠. 그토록 열렬히 예수를 사랑했던 그였지만 그 상황에서는 고초를 겪는 예수를 멀리서 지켜보는 것이 고작이었던 거예요."

루케리아가 설거지를 멈추고 학생을 응시했다.

"대제사장의 집에 도착한 예수는 심문을 받았어요. 일꾼들은 마당에 불을 피웠어요. 추운 밤이었기 때문에 사람들이 몸을 녹일 수 있도록 한 거였지요. 베드로도 모닥불을 쬐었지요. 지금의 저처럼 말이에요. 그런데 한 여자가 베드로를 보고 말했어요. '이 사람도 예수와 함께 있었어요!' 자칫하다가는 베드로도 심문에 끌려갈 상황이 된 거죠. 당황한 베드로가 '전 그 사람을 전혀 모릅니다.'라고 말했어요. 아마 그때 모닥불 주위에 있던 일꾼들은 모두 의심스러운 눈초리로 그를 바라보았을 거예요. 잠시 후 다시 누군가가 예수의 제자들 틈에서 베드로를 보았다는 것을 기억해 내고 말했어요. '당신도 제자 중 하나였지요?' 베드로는 다시 부인했어요. 세 번째로 또 다른 사람이 베드로를 돌아다보며 '오늘 예수와 함께 동산에 있지 않았소?'라고 물었을 때 그는 또 부인했어요. 그리고 곧 닭이 울기 시작했죠. 베드로는 멀리서 예수를 바라보며 저녁때 들었던 얘기를 떠올렸어요. 갑자기 정신이 든 그는 그 자리를 빠져나와 구슬프게 울기 시작했어요. 복음서에는 이렇게 나와 있죠. '서럽게 울면서 밖으로 나가더라.' 상상해 보십시오. 더 할 수 없이 고요한 동산에서 깜깜한 어둠을 뚫고 갑자기 숨죽인 통곡 소리가 터져 나오는 겁니다."

학생은 한숨을 쉬고 생각에 잠겼다. 바실리사는 여전히 웃는 얼굴이었지만 살짝 흐느끼는 소리를 냈다. 굵은 눈물방울이 뺨을 타고 흘러내렸다. 바실리사는 눈물이 부끄럽다는 듯 얼른 옷소매로 얼굴을 가렸다. 루케리아는 꼼짝 않고 학생을 바라보았다. 상기된 얼굴 위로 엄청난 고통을 참고 있는 사람처럼 경직되고 긴장된 표정이 드러났다.

일꾼들이 강에서 돌아오고 있었다. 앞장선 사람은 말 등에 올라타 있었는데 벌써 가까이 다가와 그 모습이 모닥불 빛에 훤히 드러났다. 학생은 과부들에게 작별 인사를 하고 다시 걷기 시작했다. 주위가 캄캄해지고 손이 얼어붙기 시작했다. 매서운 바람이 불었다. 정말로 겨울이 되돌아온 모양이었다. 모레가 부활절이라고는 도저히 생각하기 어려울 정도였다.

학생은 바실리사에 대해 생각했다. 그 눈물은 끔찍했던 그 밤에 베드로가 겪었던 일이 무언가를 연상시켰기 때문이었을까.

그는 뒤를 돌아보았다. 어둠 속에서 작은 모닥불 하나가 깜박거릴 뿐 사람들은 보이지 않았다. 학생은 다시 생각에 잠겼다. 바실리사가 흐느끼고 딸이 당황했다는 건, 그가 이야기했던 19세기 전의 일이 두 과부의 현재와 관련이 있다는 뜻이리라. 뿐만 아니라 그 일은 황량한 마을에, 학생 자신에게, 또 다른 모든 사람에게 관련이 있을 것이다. 바실리사가 울음을 터뜨린 것은 그가 특별히 이야기를 잘 해서라기보다는 베드로의 처지가 자신과 가깝게 느껴졌고 베드로의 심정에 진심으로 공감했기 때문이리라.

그러자 갑자기 온몸에 기쁨이 넘쳐 올랐다. 잠시 호흡을 가다듬기 위해 걸음을 멈춰야 할 정도였다. 학생은 생각했다.

'끊이지 않고 앞뒤로 연결되는 사건의 사슬을 통해 과거는 현재로 이어진다. 그런데 방금 그 연결된 사

슬의 양쪽 끝을 보게 된 것이다. 한쪽을 건드리자 다른 쪽이 진동했다.'

나룻배를 타고 강을 건너 언덕 위로 올라가자 고향 마을이 내려다보였다. 서쪽으로는 차가운 붉은빛 아침노을이 좁은 띠를 이루고 있었다. 학생은 다시 생각했다.

'그때 그곳, 동산과 대제사장의 집에서 인간의 삶을 좌우했던 진리와 아름다움은 오늘날까지 변함없이 전해졌고 인간의 삶, 아니 이 세상 전체에서 언제나 주된 역할을 해온 것이다.'

불현듯 스물두 살인 자신의 젊음과 건강, 힘이 느껴졌고 아직은 알지 못하는 행복이 언젠가 찾아오리라는 한없이 달콤한 기대감이 차올랐다. 조금씩 인생이 멋지고 신비로우며 심오한 의미로 가득 찬 것이라 느껴지기 시작했다.

상자 속의
사나이

미로노시츠코예 마을 제일 끝에 있는 프로코피 이장의 헛간에서 사냥꾼들이 하룻밤을 보내게 되었다. 일행은 두 사람으로 수의사인 이반 이바니치와 중학교 교사 불킨이었다. 이반 이바니치의 성은 침샤─기말라이스키라는 괴상한 것이어서 이반 이바니치라고만 불렀다. 도시 근교의 말 사육장에 사는 그는 맑은 공기나 쐴 겸 사냥에 나선 참이었다. 중학교 교사인 불킨은 여름철마다 P 백작 댁에 손님으로 머물렀기 때문에 이미 이 마을 사람이나 다름없을 정도였다.

두 사람은 잠을 이루지 못했다. 키가 크고 깡마른 체구에 콧수염을 길게 기른 이반 이바니치는 헛간 입구에 앉아 파이프 담배를 피웠다. 달빛이 그의 모습을 환하게 비추었다. 불킨은 헛간 안 건초더미 위에 누워 있었는데 어두운 탓에 잘 보이지 않았다.

이런저런 얘기가 이어졌다. 그러다가 이장 아내인 마브라가 화제에 올랐다. 건강하고 꽤 영리한 여자지만 평생 단 한 번도 고향 마을을 벗어난 적이 없고 도시도, 철도도 보지 못했을 뿐 아니라 10년 전부터는 늘 난로 옆에 앉아 지내며 밤에만 거리로 나간다는 것이었다. 불킨이 말했다.

"뭐, 그리 놀랄 만한 얘기도 아니군요. 세상에는 꿀벌이나 달팽이처럼 천성이 고독하고 그저 자기 껍질 속으로만 들어가려는 사람이 적지 않죠. 어쩌면 그건 인류의 선조가 아직 사회적인 동물이 되지 못해 각자의 굴속에 틀어박혀 지내던 시대로 되돌아가는 현상인지도 모릅니다. 아니면 단지 인간의 다양한 특성 중 하나인지도 모르고요. 저야 자연 과학자도 아니고 그런 문제를 잘 알지도 못합니다. 그저 그 마브라 같은 사람이 드물지 않다는 말씀을 드리고 싶은 겁니다.

멀리서 찾을 것도 없습니다. 두어 달 전에 우리 도시에서 벨리코프라는 사람이 죽었어요. 그리스어 선생으로 제 동료였지요. 아마 이 선생에 대해 벌써 들어보셨을 겁니다. 그는 언제나, 심지어 날씨가 아주 좋을 때도 솜을 넣은 두툼한 외투 차림에 방수 덧신을 신고 우산을 챙겨든 채 외출했기 때문에 사람들의 눈길을 끌었죠. 우산은 기다란 주머니 속에, 또 시계는 회색 가죽 주머니 속에 들어 있었어요. 연필을 깎으려고 칼을 꺼낼 때 보면 글쎄 그 칼까지도 작은 주머니 속에 들어 있는 겁니다. 늘 외투 깃을 세워 그 속에 얼굴을 파묻고 있었기 때문에 얼굴 역시 주머니 속에 들어 있는 듯 보였어요. 색안경을 끼고 스웨터를 입은 데다가 귀는 솜으로 틀어막았죠. 마차를 타게 되면 꼭 포장을 내리게 했어요.

한마디로 그 사람은 외부로부터 자신을 보호하는 방어막, 이를테면 상자를 만들려는 결연한 의지로 가득 차 있었습니다. 현실은 그를 화나고 불안하게, 두렵게 만들었어요. 언제나 과거, 그것도 결코 존재하지 않았던 시절을 찬미한 것도 아마 그런 나약함과 현실 도피 성향을 정당화하기 위해서였겠지요. 그가 가르쳤던 그리스어 역시 방수 덧신이나 우산이 그렇듯 현실을 회피하는 수단이 되었어요. '오, 그리스어는 얼마나 듣기 좋고 아름다운 말인가!' 그는 황홀한 표정으로 이렇게 말하곤 했습니다. 그러면서 자기 말을 증명이라도 하려는 듯 지그시 눈을 감고 손가락을 세운 채 '안트로포스(인간)'라는 발음을 해 보였지요.

벨리코프는 자기 생각마저도 상자 속에 감춰두려 했어요. 그에게 있어 명백한 것이란 무언가를 금지한다는 공고나 신문 기사뿐이었습니다. 저녁 9시 이후 학생들의 외출을 금지하는 공고나 육체적인 연애를 금지한다는 기사가 나오면 그에게는 모든 것이 분명해졌습니다. 금지되었다는 한마디면 그만이었던 겁니다. 허가라든가 허용이라는 말에는 늘 무언가 미심쩍고 불분명한 요소가 숨어 있다고 여겼어요. 연극 모임이나 독서실, 혹은 다방 같은 것이 허가됐다고 하면 고개를 갸웃거리며 나지막한 소리로 말하는 겁니다. '글쎄, 물론 좋은 일이긴 하지만, 아무 일 없어야 할 텐데 말입니다.'

어떤 종류가 되었든 규칙을 어기고 위반하는 행동은 그를 우울하게 만들었지요. 그와 별로 상관없는 일이라 해도 말입니다. 동료 중 누군가가 기도식에 늦었다든가, 학생이 못된 장난을 쳤다는 소문이 돈다든가, 여교사가 밤늦게까지 장교와 함께 어울리는 모습이 발각되었다든가 하면 그는 몹시 불안해하며 '나중에 아무 일 없어야 할 텐데 말입니다.'라고 중얼거렸어요. 교직원 회의에서도 그는 특유의 자잘한 걱정과 의심, 상상을 발휘해 우리를 괴롭혔어요. 남학교와 여학교 학생들이 제대로 처신하지 않고 교실에서 너무 떠들어댄다면서 '위쪽까지 소문이 퍼지지 말아야 할 텐데 말입니다.', '아무 일 없어야 할 텐데 말입니다.'라고 말하는 식이었어요. 그리고 2학년에서는 페트로프를, 4학년에서는 예고로프를 제적시키면 좋겠다고 주장했죠. 그러니 어쩌겠습니까? 족제비처럼 작고 파리한 얼굴에 색안경 너머로 우리를 바라보며 땅이 꺼지게 한숨을 내쉬고 투덜거리는 등쌀에 못 이겨 우리 동료 교사들은 결국 두 학생의 품행 점수를 깎고 정학 처분을 내렸다가 끝내는 퇴학시켜 버리고 말았습니다.

또 이 사람에게는 동료 교사들의 집을 차례로 방문하는 괴상한 습관이 있었어요. 방문해서도 무언가 관찰하듯 가만히 말없이 앉아 있을 뿐이었습니다. 그렇게 한 시간 정도 있다가 가버리는 거지요. 그의 말을 빌리자면 이건 동료와의 관계를 한층 친근하게 만드는 것이라나요. 사실 우리들 집에 찾아와 우두커니 앉아 있는 건 그에게도 괴로운 일이었을 겁니다. 그래도 그는 그것이 동료로서 의무라고 생각했기 때문에 그렇게 방문했던 것이죠.

교사들은 모두 그를 두려워했습니다. 교장까지도 그랬죠. 아시다시피 교사들은 문학의 거장 투르게네프나 셰드린 같은 작가들 작품을 탐독한, 교양 있고 생각 깊고 점잖은 사람들입니다. 그런데도 우산을 들고 방수 덧신을 신은 이 사람이 꼬박 15년 동안 학교 전체를 휘어잡았던 것입니다! 아니, 학교는 물론이고 아예 도시 전체가 그런 지경이었습니다!

부인들은 토요일이 되어도 자기 집에서 공연을 주최하려 하지 않았습니다. 벨리코프가 알까 봐 두려웠던 것이죠. 목사들도 벨리코프 앞에서는 고기를 먹거나 카드놀이를 하지 않았죠. 벨리코프와 같은 사람이 있음으로 인해 최근 10년, 15년 동안에 도시 전체가 모든 일에 겁을 먹게 되었습니다. 큰 소리로 얘기하는 것도, 편지를 보내는 것도, 서로 사귀는 것도, 책을 읽는 것도, 심지어는 가난한 사람을 돕거나 글 읽기를 가르치는 것조차도 말입니다."

이반 이바니치는 무슨 말인가 하려는 듯 기침을 했지만 먼저 파이프를 한 모금 빨고 나서 달을 올려다본 후 천천히 입을 열었다.

"그렇군요. 생각도 깊고 점잖은 사람들, 셰드린이나 투르게네프까지 읽은 사람들이 그렇게 쉽게 굴복하고 그저 참았다는 거군요. …… 바로 그 점이 문제군요."

불킨이 말을 이었다.

"벨리코프는 저와 같은 건물에 살았어요. 더구나 같은 층에 맞은편 집이었죠. 우리는 자주 마주쳤고 전 그의 사생활까지도 훤히 알게 되었습니다. 집에서도 다를 바 없더군요. 헐렁한 실내복, 실내모, 덧문, 빗장, 온갖 금지와 제한들……. '아무 일 없어야 할 텐데 말입니다.'라는 탄식까지도요.

그는 기름기 없는 재계齋戒 음식[1]만 먹자니 건강에 나쁠까 염려되었지만 그렇다고 육류를 먹지도 못했죠. 재계를 지키지 않는다는 비난을 받을까 두려웠던 거예요. 그래서 재계 음식은 아니지만 그렇다고 육식이라 할 수도 없는 버터 놓어 요리 같은 것을 먹었어요.

또 처신 얘기가 나올까 봐 겁을 먹은 나머지 식모도 두지 못하고 예순이 다 된 미련한 주정뱅이 영감을 요리사로 썼답니다. 그 영감은 군대 생활을 했던 덕분에 그럭저럭 요리를 할 줄 안다는 거였어요. 그런데 이 영감은 날마다 팔짱을 낀 채 문간에 서서 한숨을 내쉬며 늘 같은 소리를 중얼거리곤 했어요. '요즘엔 저런 사람이 아주 많단 말이야!'

벨리코프의 침실은 정말 무슨 상자처럼 아주 작았

---

[1] 사순절 육식 제한과 금욕_역자 주.

어요. 침대에는 휘장이 쳐져 있었고요. 잠자리에 들면 으레 이불을 머리끝까지 뒤집어쓰곤 했어요. 덥고 답답했겠죠. 바람이 불어 닫힌 문이 덜컹거리고 벽난로에서는 윙윙 소리가, 부엌에서는 아파나시 영감의 불길한 한숨 소리가 들려왔을 테고요······.

벨리코프는 이불 속에서도 두려움에 싸여 있었어요. 무슨 일이 생기지는 않을까, 아파나시 영감이 자기를 해치지는 않을까, 도둑이 들지는 않을까 걱정했던 것이죠. 그리고는 밤새 악몽을 꾸는 거예요. 아침에 함께 학교로 출근할 때 보면 늘 울적하고 창백한 얼굴이었어요. 사람들로 북적거리는 학교도 그에게는 두려운 대상이었을 거예요. 그의 성품과는 전혀 맞지 않는 곳이었으니까요. 저와 함께 걸어가는 것조차도 천성적으로 고독한 그에게는 힘든 일이었겠죠. '교실은 벌써 야단법석들이겠죠! 정말 그런 난리판은 없을 겁니다!' 그는 마치 자기 마음이 무거운 이유를 찾으려는 듯 말하곤 했어요.

그런데 한번 상상을 해보세요. 한번은 이 상자 속의 사나이 벨리코프가 장가를 갈 뻔했답니다."

이반 이바니치는 헛간을 흘깃 들여다보며 물었다.

"뭐요? 농담이겠지요!"

"정말이랍니다. 이상하게 들리겠지만 정말로 장가를 갈 뻔했다니까요. 지리와 역사 과목을 담당하는 미하일 사브비치 코발렌코 선생의 부임이 계기가 되었어요. 우크라이나 출신인 코발렌코 선생은 바렌카라는 누나와 함께 왔지요. 코발렌코 선생은 젊고 키가 크며 얼굴이 거무스름하고 손이 큼직한 데다가 목소리는 마치 나무 물통을 두드리는 것처럼 굵고 낮았어요. 하긴 그 얼굴만 봐도 목소리가 굵직할 것 같긴 했지만요. 누나인 바렌카는 서른 살 남짓으로 젊은 나이는 아니었지만 역시 키가 크고 날씬한 몸매에 눈썹이 짙고 뺨이 붉었어요. 얌전한 처자라기보다는 아주 활동적이고 시끄러운, 늘 우크라이나 노래를 흥얼거리며 큰 소리로 웃어대는 말괄량이에 가까웠죠. 별로 대수롭지 않은 일에도 큰 소리로 하하하 웃음보가 터지기 일쑤였어요.

우리가 처음 코발렌코 선생 남매를 만난 것은 교장댁 영명 축일[2] 축하 모임에서였어요. 예의상 마지못해 얼굴을 내밀고 있는 무뚝뚝한 선생들 사이에서 바렌카는 갑자기 나타난 아름다운 여신과도 같았어요.

---

2 가톨릭교회에서는 세례 때 성인의 이름을 세례명으로 받게 되는데, 신자는 세례명 성인을 수호성인으로 축일을 자신의 영명 축일로 지킨다.

바렌카는 씩씩하게 방 안을 오가면서 큰 소리로 웃는 가 하면 노래를 부르고 춤도 추었어요. 감정을 풍부하게 담아 노래를 여러 곡 불렀는데 우리 모두, 심지어 벨리코프까지도 감탄을 금치 못할 정도였지요. 벨리코프는 바렌카 곁에 앉아 정답게 웃으며 말을 했어요. '우크라이나어는 그 부드러움과 기분 좋은 발음이 마치 고대 그리스어를 연상시키는군요!'

바렌카는 그 말이 무척 마음에 들었는지 열심히 자기 고향 이야기를 늘어놓기 시작했어요. 고향에 있는 농장의 배며 참외, 호박이 얼마나 탐스럽고 맛이 좋은지에 대해서 말이지요. 우크라이나에서는 호박을 '카바카'라 부르고, 우리가 말하는 카바카(선술집)는 '시노크'라 한다느니, 그곳의 붉고 푸른 수프가 정말로 별미라느니 하는 얘기였어요.

그 이야기를 듣고 있던 우리는 모두들 똑같은 생각을 해냈어요.

'두 사람을 결혼시키면 좋겠군요.' 교장 사모님이 나지막한 소리로 제게 말하더군요.

우리 모두 갑자기 벨리코프가 미혼이라는 사실을 깨달은 것이지요. 어째서 그렇게 중요한 점을 그때까지 전혀 생각하지 못하고 있었는지 이상했어요. 벨리코프가 여자에게 어떻게 대할지, 인생의 중대사를 어떻게 해결해 나갈지에 관해 그전까지는 아무도 전혀 관심이 없었던 거지요. 아니, 어쩌면 날씨가 어떻든 방수 덧신을 신어야 외출하고 잠도 휘장 쳐진 침대 속에서 자야 하는 사람이 누군가를 사랑할 수 있으리라는 생각 자체를 하지 못했을지도 몰라요.

'벨리코프 선생은 벌써 마흔이 넘었지요? 그리고 저 아가씨는 이제 서른이라니까……. 서로 잘 어울릴 것 같군요.' 교장 사모님이 자기 생각을 설명했어요.

워낙 지루한 곳이어서 그런지 우리 고장에서는 별 필요치도 않은 시시한 일들이 얼마나 많이 벌어지는지 몰라요. 정작 필요한 일은 전혀 하지 않으면서 말이에요. 그전까지 단 한 번도 벨리코프가 결혼해서 사는 모습을 상상조차 하지 않다가 갑자기 결혼시키려 나설 필요가 어디 있었겠어요? 하지만 교장 사모님, 사감 사모님 그리고 다른 부인들 모두 갑자기 생기가 돌았고 한결 아름다워지기까지 하더군요. 그야말로 인생의 목적을 찾아낸 듯했어요. 그다음부터는 교장 사모님이 극장 특별석에 앉아 있다고 하면 그 옆에는 부채를 든 바렌카의 환하고 행복한 모습이 보이고 다시 그 옆에는 방금 집에서 끌려 나온 것이 분명한 벨리코프가 몸을 웅크리고 앉아 있곤 했지요. 저녁 모임이라도 열리게 되면 반드시 벨리코프와 바렌카를 초대해야 한다고 부인들이 이구동성으로 주장하고 말이에요. 엔진이 가동을 시작한 셈이었죠.

바렌카도 결혼하고 싶은 마음이 없지 않더군요. 하긴 남동생한테 얹혀사는 처지가 뭐 그렇게 즐겁겠어요. 더군다나 매일같이 말다툼을 벌이는 형편이었거든요. 싸우는 모습이 어땠느냐고요? 키가 크고 체격이 좋은 코발렌코 선생이 수놓은 셔츠 차림에 모자 아래 이마까지 앞머리를 늘어뜨리고 걸어가지요. 한 손에는 책을 여러 권 들고 다른 한 손에는 옹이 진 지팡이를 들었어요. 바로 뒤로 바렌카가 역시 책을 안고 따라가지요.

'그런데 넌 이 책을 읽지 않았잖아! 내가 보기엔 안 읽은 게 분명해!' 바렌카가 큰소리로 따져 물어요. '아니, 정말 읽었다니까!' 코발렌코 선생은 지팡이로 보도를 마구 내리치면서 지지 않고 소리를 지르죠. '아, 깜짝이야. 아니, 왜 화를 내고 그러는 거야. 별 대수롭지 않은 일을 가지고.' '난 분명히 읽었단 말야!' 코발렌코 선생은 더욱 언성을 높이는 것이에요.

집에서도 마치 남남 사이처럼 걸핏하면 싸움이 벌

어졌어요. 그러니 그 생활에 진저리나지 않을 리가 없죠. 독립하고 싶었을 거예요. 하지단 나이를 생각하면 상대를 고른다는 건 턱도 없는 얘기고 그저 아무나 적당한 사람, 심지어 그리스어 선생이라도 좋을 상황이었어요. 사실 상대가 누구든 상관없이 그저 시집이나 가면 좋겠다는 아가씨들이 요즘 얼마나 많습니까. 어떻든 그렇게 해서 바렌카는 벨리코프에게 호감을 보이기 시작했어요.

벨리코프는 어땠느냐고요? 동료 교사 집을 방문하는 것처럼 코발렌코 선생네도 찾아갔지요. 집에 들어가 말없이 우두커니 앉아 있는 거예요. 그는 입을 다물고 있지만 바렌카는 노래를 불러주기도 하고 생각에 잠긴 검은 눈으로 그를 바라보기도 하고 그러다가는 갑자기 하하하 웃음을 터뜨리기도 했지요.

연애, 특히 결혼 문제에 있어서는 다른 사람들의 조언이 아주 큰 역할을 하는 법이에요. 동료 교사와 부인들은 모두 벨리코프에게 반드시 결혼은 해야 하며 그의 인생에서 이제 남은 일은 결혼뿐이라고 설득하고 나섰지요. 축하 인사를 건네기도 하고 엄숙한 얼굴로 결혼은 정말 중요한 결정이라는 식의 말을 늘어놓기도 했어요. 바렌카는 흠잡을 데 없는 신붓감이라는 말도 잊지 않았죠. 관리 집안 출신에 농장도 소유한 데다가 무엇보다도 벨리코프에게 호감을 느끼고 진실하게 대해준 첫 번째 여자가 아니냐는 등으로 말이죠. 벨리코프는 머리가 온통 혼란스러워졌고 결국 정말로 결혼해야겠다고 생각하게 되었어요."

"드디어 방수 덧신과 우산을 집어던질 때가 온 거군요."

이반 이바니치가 한마디 거들었다.

"하지만 그렇게 되지는 않았어요. 벨리코프는 책상 위에 바렌카의 초상화를 올려두었고 틈만 나면 제게 찾아와 바렌카에 대해, 가정생활에 대해, 결혼의 중요성에 대해 이야기를 늘어놓았죠. 코발렌코 선생 집에도 자주 드나들었지만 평소의 생활 방식은 조금도 달라지지 않았어요. 오히려 결혼 결심이 어떤 병적 영향을 미치는 듯 날이 갈수록 여위고 창백해지더군요. 그리고 자기 상자 속으로 더욱 깊숙이 틀어박히려 했어요. 그는 억지웃음을 지으며 말했어요. '저도 바렌카가 좋습니다. 또 누구나 결혼해야 한다는 것도 알고 있죠. 하지만 아시다시피 모든 일이 너무 갑자기 일어나서 말이지요. 좀 생각을 해봐야 해요.'

전 이렇게 말해 주었죠. '생각하고 말고 할 필요가

있나요? 결혼하세요. 그럼 그만이죠.'

'아니에요, 결혼은 정말 중요한 결정입니다. 먼저 앞으로 다가올 책임과 의무를 생각해봐야지요. 그래야 나중에 아무 일 없을 테니까요. 너무 걱정되어 요즘은 밤새도록 잠을 못 이룰 정도예요. 솔직히 정말 두려워요. 코발렌코 남매는 사고방식이 좀 이상하잖아요. 판단하는 것도 좀 독특하고 성격도 너무 활발하고요. 그러니 결혼 후에 무슨 괴상한 일이 벌어질지 모르지요.'

그리하여 벨리코프는 청혼을 하지 못한 채 시간만 끌었어요. 교장 사모님과 부인들은 크게 실망했지요. 그런 식으로 벨리코프는 앞날의 책임과 의무만 생각하면서 그 와중에도 매일같이 바렌카와 만났어요. 아마 그것 역시 자기가 해야 할 일이라 여겼을 거예요. 그리고 여전히 틈만 나면 제게 와서 가정생활 이야기를 했지요. 그런 상황으로 보자면 결국에는 그가 청혼하고 또 하나의 불필요하고 멍청한 결혼이 이루어졌을지도 몰라요. 지루해서, 혹은 달리 할 일이 없다는 이유로 수많은 사람이 올리고 있는 바로 그런 결혼식 말이에요. 그 엄청난 사건이 벌어지지 않았다면 정말로 그렇게 되었겠지요. 그런데 여기서 말씀드려야 할 점이 있어요. 바로 코발렌코 선생이 이곳에 온 첫날부터 벨리코프를 몹시 싫어하고 못 견뎌 했다는 것이죠. 코발렌코 선생은 어깨를 들썩이며 말하곤 했어요.

'도무지 이해가 안 갑니다. 흠잡을 일만 찾아다니는 저 밥맛없는 인간을 어떻게 참아내고 계십니까? 이런 곳에서 어떻게 사시는지 참 신기합니다. 여기 분위기는 숨이 막힐 정도로 답답하고 불쾌하네요. 정말로 여러분이 선생입니까? 모두 관료주의에 물들어 있어요. 여기는 지혜의 전당이라기보다는 경찰서에 가깝네요. 경찰서 특유의 음침한 느낌까지 드는군요. 저는 잠시만 여기 살다가 고향 농장으로 돌아가렵니다. 거기서 새우도 잡고 아이들도 가르치겠어요. 전 곧 사라져 드릴 테니 여러분은 예수를 팔아먹은 저 유다 같은 놈과 함께 잘 지내세요.'

때로는 눈물까지 찔끔거릴 정도로 웃다가 두 팔을 벌려 보이며 그 굵직한 목소리로, 혹은 가늘고 새된 소리로 묻기도 했어요. '도대체 왜 그 사람이 우리 집에 찾아와 우두커니 앉아 있는 거죠? 뭘 하자는 걸까요? 그저 앉아서 주위를 바라보고 싶은 건가요?'

그는 심지어 벨리코프에게 '거미처럼 기분 나쁜

놈'이라는 별명을 붙이기도 했어요. 그래서 우리는 그 누이 바렌카가 '기분 나쁜 거미'에게 시집을 가려 한다는 말을 차마 입 밖에 낼 수 없었어요.

그러던 어느 날 교장 사모님이 점잖고 모두에게 존경받는 벨리코프 같은 사람에게 누이가 시집가면 얼마나 좋겠느냐고 떠보는 말을 했어요. 그러자 코발렌코 선생은 얼굴을 찌푸리고는 이렇게 중얼거렸답니다. '제가 상관할 일이 아니죠. 자기만 좋다면 누구에게든 시집을 못 가겠어요. 전 남의 일에 끼어드는 걸 싫어합니다.'

그런데 말입니다. 누군가가 짓궂은 그림을 그려 사방에 뿌린 사건이 발생했답니다. 방수 덧신을 신고 바지를 걷어 올린 벨리코프가 우산을 받쳐 쓴 채 바렌카와 팔짱을 끼고 나란히 걸어가는 모습을 그려 놓고는 '사랑에 빠진 안트로포스'라는 제목까지 적어두었죠. 표정이 정말이지 놀라울 정도로 잘 묘사된 그림이었어요. 남녀 중학교 선생들은 물론이고 신학교 교수, 관리들에 이르기까지 모두들 그림을 한 장씩 받은 것으로 보아 여러 날 공들여 작업한 게 틀림없었죠. 벨리코프도 그 그림을 받았는데 그 어느 때보다 큰 충격을 받았어요.

그날 아침 저와 벨리코프는 함께 집을 나섰어요. 5월의 첫날로 일요일이었는데 교직원과 학생들이 모두 학교에 모였다가 숲으로 소풍을 떠나게 되어 있었죠. 벨리코프는 얼굴이 새파랗게 질려 있었고 먹구름보다도 더 어두운 표정이었어요.

'세상엔 정말 별별 못된 사람이 다 있군요.' 그는 입술을 파르르 떨며 말했어요.

전 그가 불쌍하다는 생각까지 들었죠. 좀 더 걸어가자 갑자기 코발렌코 남매가 나타났어요. 코발렌코 선생도, 바렌카도 자전거를 타고 있었죠. 바렌카는 얼굴이 상기되고 약간 피곤한 듯했지만 여전히 활기차고 즐거운 모습이었어요. 바렌카가 큰 소리로 외쳤어요. '날씨가 어쩌면 이렇게도 좋을까요? 정말 대단하네요. 먼저 지나갈게요!'

자전거를 탄 코발렌코 남매는 금방 사라져 버렸죠. 새파랗던 벨리코프의 얼굴은 완전히 백지장처럼 변했고 망연자실한 상태가 되더군요. 그는 걸음을 멈추더니 한참 저를 쳐다보았어요. 그가 물었어요. '도대체 저게 웬일입니까? 아니, 혹시 제가 잘못 본 것은 아닌가요? 중학교 선생이, 그리고 여자가 자전거를 타다니 이게 될 일인가요?'

'안 될 건 또 무엇입니까? 건강을 위해 운동할 뿐인데요!'

그는 제 태연한 반응에 놀랐는지 고함을 질렀어요. '저게 어떻게 가능한 일입니까? 대체 무슨 말씀을 하시는 겁니까?'

그는 얼마나 놀랐는지 즉시 발길을 돌려 집으로 돌아가고 말았어요.

이튿날 그는 종일 신경질적으로 두 손을 비벼대고 있었죠. 표정도 몹시 언짢아 보였어요. 생전 처음으로 결근했고 식사도 하지 않았답니다. 저녁이 되자 벨리코프는 무더운 여름철 날씨였음에도 불구하고 두꺼운 정장을 차려입고 코발렌코 남매 집으로 찾아갔어요. 마침 바렌카는 외출하고 집에 없었어요.

'편히 앉으세요.' 잠에서 덜 깬 코발렌코 선생이 눈살을 찌푸리며 쌀쌀하게 말했어요. 저녁 식사를 마치고 쉬다가 방금 일어났기 때문에 기분이 좋지 않았던 거예요.

벨리코프는 10분 남짓 우두커니 앉아 있다가 입을 열었어요. '마음을 좀 편안하게 해보려고 이렇게 들렀습니다. 전 너무도 견디기 어렵군요. 어느 못된 놈이 저와, 그리고 우리 두 사람 모두에게 가까운 누군가를 몹시 우스꽝스럽게 그렸지 뭡니까. 전 이런 놀림감이 될 만한 짓을 전혀 하지 않았고 늘 예의 바르게 처신해 왔다는 점을 당신에게 분명히 이야기해야 하겠기에…….'

코발렌코 선생은 불쾌한 표정으로 계속 입을 다물고 있었어요. 잠시 답변을 기다리던 벨리코프는 작고 서글픈 목소리로 말을 이었지요. '또 하나 말씀드릴 것이 있습니다. 저야 이미 오랫동안 학교에서 학생들을 가르쳐 왔지만 당신은 이제 막 교편을 잡았지요. 그러니 선배로서 당신에게 주의를 주는 것은 제 의무라고 생각해요. 당신은 자전거를 타더군요. 그건 어린 학생들을 가르치는 교사에게는 절대 바람직하지 못한 행동이에요.'

'아니, 왜 그렇죠?' 코발렌코 선생이 굵직한 목소리로 반문하였어요.

'설명을 더 해야 아시겠어요? 정말 몰라서 묻는 건가요? 교사가 자전거를 타고 다닌다면 학생들은 어떻게 해야겠어요? 물구나무를 서서 머리를 땅에 대고 다니는 일만 남을 게 아닙니까? 한 번 안 된다고 정해진 일은 절대 안 되는 겁니다. 저는 어제 얼마나 놀랐는지 모릅니다! 당신 누나를 보았을 때는 눈앞

이 캄캄했어요. 여자가 자전거를 타다니! 참으로 끔찍한 일입니다.'

'그럼 어떻게 해야 한다는 겁니까?'

'앞으로 조심하라는 겁니다. 제가 바라는 것은 이것뿐이죠. 당신은 아직 젊고 앞길이 창창한 사람이니 신중하게 처신해야 합니다. 당신은 여러 면에서 퍽 부주의하더군요. 수놓은 셔츠 바람으로 책을 끼고 나다니나 싶더니 이번에는 자전거까지 타고 다니니 말입니다. 당신 남매가 자전거를 탄다는 것을 교장 선생님께서 알게 되면 곧 장학관님의 귀에까지 들어갈 게 아닙니까. 어떻게 보든 좋을 것 없는 일이지요.'

그러자 코발렌코 선생은 버럭 화를 냈어요. '우리가 자전거를 타건 말건 남들이 무슨 상관이란 말입니까? 내 사생활이나 가정생활에 간섭하는 놈이 있다면 본때를 보여줘야겠군!'

벨리코프는 얼굴빛이 창백해지더니 자리에서 벌떡 일어났어요. '당신이 그런 식으로 나오면 더 이상 말을 계속할 수 없습니다. 부탁입니다만, 제 앞에서는 상사들에 대해 그렇게 험한 말을 하지 말아주십시오. 상부에 대해 존경하는 마음을 가져야만 합니다.'

코발렌코 선생은 증오의 눈초리로 벨리코프를 노

려보며 따지기 시작했어요. '제가 상부에 대해 무슨 말을 잘못했다는 겁니까? 제발 절 좀 건드리지 마십시오. 전 성실한 사람이고 당신 같은 사람하곤 말도 하고 싶지 않소. 밥맛없는 놈은 딱 질색이오.'

벨리코프는 신경이 있는 대로 곤두선 채 서둘러 외투를 입기 시작했어요. 경악을 금치 못하는 표정이었죠. 그렇게 험한 말을 듣기는 아마 난생처음이었을 테니까요. 그는 현관을 지나 계단으로 나가면서 말했어요. '좋을 대로 하십시오. 한 가지만 미리 알려두지요. 누가 우리 이야기를 우연히 들었을지 모릅니다. 괜한 오해를 사는 일이 없도록 오늘 우리가 어떤 얘기를 했는지 교장 선생님께 보고해야겠어요. 그건 제 의무니까요.'

'보고한다고? 어디 마음대로 해보시오!' 코발렌코 선생은 뒤쪽에서 벨리코프 목덜미를 잡더니 냅다 아래로 밀어버렸어요. 벨리코프는 요란한 방수 덧신 소리를 내면서 계단 아래로 굴러떨어졌지요. 높고 가파른 계단이었지만 다행히 다치지는 않았는지 몸을 일으켰고 안경이 무사한가 확인하려는 듯 코 근처를 만져보았어요. 그런데 공교롭게도 바로 그 순간 바렌카가 다른 두 부인과 막 건물 안으로 들어섰고 그 흉한

꼴을 다 보았지 뭡니까. 벨리코프에게는 그것이 가장 끔찍한 일이었죠. 웃음거리가 되기보다는 차라리 목과 두 다리가 다 부러지는 편이 낫다고 여겼을 거예요. 이제 온 도시가 다 알게 된 판이니 곧 교장 선생과 장학관의 귀에 들어갈 테고 또 다른 우스꽝스러운 그림이 그려졌다가는 결국 파면되는 사태까지 이를 것이라는 특유의 염려증도 발동했겠죠.

바렌카는 벨리코프가 일어섰을 때에야 그를 알아보았지요. 그 우스꽝스러운 얼굴과 구겨진 외투, 덧신을 본 순간 바렌카는 영문을 몰랐지만 아마도 발을 헛디뎌 굴러떨어진 것이라 생각하고 곧 집이 떠나갈 듯 큰 소리로 웃음을 터뜨렸어요. '하ㅎ-하!'

커다랗고 요란한 그 웃음소리로 모든 것이 끝났죠. 혼담도, 벨리코프의 삶도 말이에요. 빌리코프에게는 더 이상 그 무엇 하나 들리지도, 보이지도 않았어요. 집에 돌아간 그는 당장 바렌카의 초상화부터 치워버린 후 자리에 누워 꼼짝도 하지 않았어요.

사흘 후 아파나시 영감이 저를 찾아와서는 주인의 상태가 심상치 않으니 의사를 불러야 하지 않겠느냐고 물어보더군요. 저는 벨리코프에게 가보았어요. 그는 휘장을 둘러친 침대 속에서 담요를 뒤집어쓴 채 가만히 누워 있었어요. 무얼 물어보아도 그저 '아니.' 또는 '응.' 하고 대답할 뿐 그 외엔 아무 말도 하지 않았어요. 벨리코프는 그렇게 누워 있고 그 주위를 아파나시 영감이 음울한 표정으로 돌아다니며 연신 커다란 한숨을 내쉬고 있었어요. 그리고 그럴 때마다 지독한 술 냄새가 풍기더군요.

한 달 후 벨리코프는 죽었어요. 남녀 중학교, 신학교의 교직원들이 모두 모여서 장례를 치렀지요. 관 속에 누운 그의 얼굴은 아주 편안했고 심지어 행복해 보이기까지 했어요. 마침내 상자 속에 들어가 다시는 밖에 나가지 않게 된 것이 기쁘기라도 한 듯이 말이에요. 그래요, 그는 최고의 이상에 도달한 것이었어요! 장례식 때는 마치 하늘이 그를 기념하는 듯 날씨가 잔뜩 흐렸기 때문에 모두들 고무 덧신을 신고 우산을 썼어요. 바렌카도 장례식에 있었는데 무덤 속에 관이 놓이자 울음을 터뜨렸지요. 그래서 전 우크라이나 여자들은 울지 않으면 웃을 뿐, 그 중간이 없다는 걸 알게 되었답니다.

솔직히 벨리코프 같은 사람의 장례를 치른다는 건 아주 기쁜 일이었죠. 묘지에서 돌아오는 우리 일행은 그 기쁨의 감정을 숨기려는 듯 저마다 엄숙한 표정을 하고 있었어요. 그 감정은 아주 오래 전의 어린 시절, 어른들이 집을 비우고 나가면 한두 시간 정도 마음껏 즐겁게 놀면서 느끼던 바로 그런 것이었어요. 아, 자유, 자유! 아주 자그마한 가능성이나 희망만 있다 해도 마음을 들뜨게 하는 것이 자유 아니겠어요?

그렇게 우리는 기분 좋은 상태로 묘지에서 돌아왔어요. 하지만 일주일도 채 흐르기 전에 우리 생활은 종전과 다름없이 단조롭고 무의미하게 이어지더군요. 공식적으로 금지된 것도 없었지만 그렇다고 모든 것이 완전히 허락되지도 않은 그런 생활 말이에요. 벨리코프는 땅에 묻혔지만 그렇게 상자 속에 사는 사람이 세상에는 얼마나 많겠어요! 앞으로도 무수히 많이 나오겠지요."

"바로 그렇습니다."

이반 이바니치는 다시 담배를 피우기 시작했다.

"앞으로도 무수히 많이 나올 겁니다."

불킨이 되뇌었다. 그는 헛간에서 밖으로 나왔다. 작달막한 키에 뚱뚱한 몸, 대머리에다가 거의 허리까지 내려오는 턱수염을 기른 사람이었다. 사냥개 두 마리도 뒤따라 나왔다.

"와, 달이 정말 밝군요!"

불킨이 위를 올려다보며 말했다.

벌써 자정이었다. 오른편으로는 5킬로미터는 족히 될 정도로 길게 뻗어 있는 마을이 한눈에 들어왔다. 세상 모든 것들이 깊은 잠에 빠진 듯 고요했다. 움직임 하나, 소리 하나 없어 어떻게 이토록 조용한지 의심스러울 정도였다. 달 밝은 밤에 넓은 마을 길과 농가들, 건초더미, 잠든 버드나무 등을 바라보면 마음도 고요해지는 법이다. 그 평화로운 어둠의 장막으로 고통이나 근심, 슬픔은 모두 가려지고 세상은 온통 편안하고 구슬프게 아름다운 곳으로 변모한다. 별빛도 감동한 듯 다정하게 빛나고 모든 악의와 미움이 사라진 땅은 그저 평화롭다. 왼쪽을 보면 마을 끝에서부터 평원이 이어졌다. 달빛을 가득 받으며 멀리 지평선까지 펼쳐진 평원에서도 움직임이나 소리를 찾을 수 없었다. 이반 이바니치가 말했다.

"말씀대로 앞으로도 많겠죠. 그렇지만 숨 막히게 답답한 도시에서 살면서 아무짝에도 필요 없는 서류를 작성하거나 카드놀이를 하는 것도 마찬가지 아닐까요? 상자 속 생활과 뭐가 다르다는 겁니까? 할 일 없는 사람들, 툭하면 시비나 거는 사람들, 멍청하고 게으른 부인네들 틈에서 평생을 살면서 시시한 소리나 주고받는 것은 어떤가요? 이게 상자 속 생활이 아니겠어요? 괜찮으시다면 이제부터는 제가 교훈적인 이야기를 하나 해드릴까 싶군요."

"아뇨. 이제 그만 자야겠어요."

불킨이 말했다.

"그럼 안녕히 주무십시오."

두 사람은 헛간으로 들어가 마른풀 위에 누웠다. 담요를 뒤집어쓰고 막 잠들려는 순간 가벼운 발걸음 소리가 들려왔다. 누군가 헛간 근처를 지나가고 있었다. 헛간을 지나친 후 잠시 멈췄던 그 소리는 1분 정도 지난 후 다시 들려왔다. 개들이 으르렁거렸다.

"마브라가 나가는 소리군요."

불킨이 말하였다.

발소리가 사라졌다. 이반 이바니치가 옆으로 돌아누우며 말했다.

"사람들이 거짓말하는 것을 듣고만 있다 보면 결국엔 그런 거짓을 참아내는 바보 멍청이라고 놀림을 당하게 됩니다. 모욕과 멸시를 받으면서도 자기는 성실하고 자유로운 인간이라고 주장하지 못하고 스스로를 기만하고 미소를 짓는 그런 행동은 결국 한 조각의 빵과 따뜻한 잠자리, 아무 가치도 없는 지위 때문이 아니겠습니까. 아닙니다. 그런 식으로는 살 수 없는 거예요!"

 10분 정도 지나자 불킨은 깊이 잠들었다. 그러나 이반 이바니치는 계속 몸을 뒤척이면서 한숨을 내쉬더니 다시 밖으로 나가 헛간 문 앞에 앉아 담배를 피우기 시작했다.

기우

측량기사 글렌 가브릴로비치 스미르노프가 그닐루슈키 역에 도착했다. 구획선 정리를 부탁받은 영지까지는 아직도 마차로 30~40킬로미터를 더 가야 했다. (마부가 술 취하지 않은 상태에 말도 튼튼하다면 30킬로미터도 안 되겠지만 마부가 술을 한잔 했거나 말이 시원치 못하다면 50킬로미터까지도 늘어날 수 있었다.)

"저기, 어디 가면 우편 마차를 찾을 수 있을까요?"

측량기사가 역사의 헌병에게 물었다.

"우편 마차라고요? 여기선 100킬로미터를 가도 우편 마차는커녕 강아지 한 마리 못 볼 겁니다. 어디로 가시는데요?"

"데브키노까지 갑니다. 거기 호호토프 장군 영지가 있지요."

"그래요? 역 뒤쪽으로 가보십시오. 가끔씩 농부들이 승객을 태워주기도 합니다."

헌병이 하품을 하며 말했다.

측량기사는 한숨을 내쉬며 서둘러 역 뒤로 달려갔다. 오랫동안 묻고 찾아 헤맨 끝에 마침내 건장하고 무뚝뚝한 농부를 만날 수 있었다. 잔뜩 읽은 얼굴에 찢어진 웃옷과 나무껍질 신발 차림이었다.

"정말 형편없는 마차로군."

마차에 앉으면서 측량기사가 얼굴을 찌푸렸다.

"어디가 앞이고 뒤인지도 구별이 안 되니, 원."

"뭐가 구별이 안 된다고 그러슈? 말 꼬리 있는 쪽이 앞이고 나으리가 앉으신 곳이 뒤인걸요."

말은 늙어빠진 것은 아니었지만 볼품없이 비쩍 마른 데다가 안짱다리였다. 마부가 일어나 자작나무 채찍으로 한 번 내리치자 말은 그저 머리를 한 번 흔들었다. 욕설과 함께 두 번째 내리치자 겨우 마차가 부르르 떨렸다. 다시 한번 채찍질을 하니 마차가 출렁거렸고 네 번째에야 간신히 바퀴가 움직이기 시작했다.

"이런 식으로 대체 어딜 갈 수 있겠소?"

화가 난 측량기사가 물었다. 굼벵이 걸음으로 가는 마차가 흔들리기는 또 얼마나 흔들리는지 놀랄 지경이었다. 마부는 태평하게 대답했다.

"갈 수 있고 말고요! 말이 이렇게 젊잖아요. 또 얼마나 발이 빠른데요. 일단 달리기 시작했다 하면 어떻게 해도 멈출 수가 없답니다. 어이, 이랴, 이랴!"

마차가 역을 떠날 즈음 벌써 주위가 어둑어둑했다. 달리는 마차의 오른쪽으로는 끝없이 어두운 평원이 얼어붙은 채 펼쳐져 있었다. 그런 곳을 달리는 마차 안에 앉아 있자니 정말로 세상 끝으로 가는 것만 같았다. 저 멀리 하늘과 땅이 아스라이 섞여 드는 지평선에는 차가운 가을 노을이 느릿느릿 저물고 있었다. 길 왼편 어둠 속에서 눈에 들어오는 작은 언덕들은 지난해 쌓아둔 낟가리이기도 하고 마을이기도 했다. 앞에는 무엇이 있는지 전혀 보이지 않았다. 마부의 넓고 펑퍼짐한 등이 시야를 완전히 가로막아버렸기 때문이다. 사방이 고요했지만 춥고 축축했다.

외투 깃으로 귀를 감싸며 측량기사는 생각했다.

'정말 벽촌이군! 집 한 채 보이질 않으니 말이야. 누가 갑자기 강도로 돌변해 덤벼든다 해도 이래 가지고서야 쥐도 새도 모르게 당하고 말겠는걸. 이 마부도 믿을 수가 없어. 저 등판 좀 봐! 이런 놈이 덤비면 꼼짝없이 당할 수밖에. 얼굴도 험상궂게 생겼으니 마음을 놓으면 안 되겠는걸.'

"이보게. 자네 이름이 어떻게 되나?"

"저 말입니까? 클림이라고 합니다."

"음, 클림. 이 동네는 살기가 어떤가? 위험하지는 않은가? 강도는 없고?"

"고맙게도 그런 일은 없답니다."

"그거 다행이군. 난 만일의 경우를 대비해서 언제나 권총 세 자루를 가지고 다닌다네. 권총만 있으면 걱정 없어. 열 명이라도 상대할 수 있거든."

측량기사가 거짓말을 했다.

완전히 어두워졌다. 마차가 삐걱삐걱 소리를 내며 흔들리는가 싶더니 갑자기 왼쪽으로 방향을 틀었다.

'아니, 이거 어디로 가는 거야? 계속 똑바로 가다가 갑자기 왼쪽으로 꺾다니. 이놈이 엉뚱한 생각을 품은 거 아니야? 정말 무슨 일이라도 일어나면 어쩌나?'

측량기사가 다시 마부에게 말을 걸었다.

"이보게. 여기가 위험하지 않다고 했지? 그거 참 유감이군. 난 강도들과 몸싸움하는 것을 좋아하거든. 내가 겉보기에는 자그마하고 약해 보일지 몰라도 힘은 황소처럼 세단 말씀이야. 언젠가는 세 놈이나 한꺼번에 나한테 덤벼들었지. 어떻게 되었을 것 같은가? 한 놈은 그 자리에서 깨끗이 처리해 버렸어. 나머지 두 놈은 그 덕분에 시베리아로 유형을 가게 되었고 말이야. 내가 어떻게 그렇게 힘이 센지는 알 수 없는 일이지만 자네같이 건장한 남자드 한 손으로 들어 던져버릴 수 있을 정도지."

클림이 뒤쪽을 흘끗 돌아보며 얼굴을 찌푸리더니 말에게 채찍질을 했다. 측량기사가 말을 이었다.

"누구든 나하곤 맞붙는 일이 없게 해달라고 빌어야 할 거야. 도둑놈이라도 덤비는 날엔 손발이 성히 남아나지 않는 건 물론이고 법정에까지 가야 할걸. 난 판사들하고 아주 친하다네. 관청에서 일을 하거든. 지금 내가 가는 곳에서도 높은 책임자들이 몹시 염려하고 있을 거야. 그래서 내가 무사히 올 수 있도록 길가 덤불마다 경찰이랑 군인들을 숨겨놓겠다고 했지. 아니, 잠깐만!"

갑자기 측량기사가 말을 끊었다.

"대체 어디로 가는 겐가? 어디로 들어가냔 말야?"

"보면 모르슈? 숲으로 들어가고 있잖아요!"

'정말 숲으로 가는군. 깜짝 놀랐잖아. 헌데 내가 무서워하고 있다는 걸 혹시라도 이놈이 눈치채면 안 되는데. 겁내고 있다는 걸 벌써 알아챈 건 아닐까? 아니면 왜 이렇게 자주 뒤를 흘끗거리겠어? 틀림없이 딴마음을 품고 있는 거야. 조금 전까지는 느릿느릿

간신히 움직이더니만 지금은 마치 날개라도 달린 것처럼 내달리잖아.'

"이봐, 클림. 말을 왜 이렇게 모는 거지?"

"제가 모는 것이 아니에요. 이놈이 알아서 가는 거죠. 일단 달리기 시작하면 정말 어떻게 해도 멈추게 할 수가 없다니까요. 아마 이놈도 그런 자기 다리가 좋기만 한 건 아닐걸요."

"무슨 소리! 허튼 말 하지 말게. 이렇게 빨리 달리지 않는 편이 좋을 걸세. 말을 진정시켜. 알았나? 고삐를 당기라고!"

"아니, 왜요?"

"왜냐하면······ 왜냐하면 역에서 친구 네 명이 뒤따라오게 되어 있거든. 그 친구들이 우리를 따라잡을 수 있게 해줘야 할 게 아닌가. 이 숲 어귀에서 만나기로 약속했다네. 함께 가면 더 재미있을 거야. 건장하고 아주 다부진 친구들이지. 다들 권총을 가지고 있고. 왜 그렇게 주위를 살피고 불안해하나? 난 자네 편이야. 날 그렇게 쳐다보지 말게. 자네가 관심을 가질 만한 것은 나한테 하나도 없다네. 권총 한 자루만 있을 뿐이지. 원한다면 꺼내서 보여줄 수도 있어. 원한다면 말야."

측량기사는 짐짓 주머니를 뒤지는 척했다. 그런데 바로 그때 전혀 예상치 못했던 일이 일어났다. 클림이 갑자기 마차에서 뛰어내리더니 헐레벌떡 숲으로 숨어 들어간 것이다.

"살려주세요! 살려주세요! 말이고 마차고 다 가져가셔도 좋습니다! 제발 목숨만은 살려주세요!"

클림이 외쳤다. 다급한 발소리가 멀어지고 나뭇가지가 부러지는 소리가 들려오더니 이윽고 잠잠해졌다. 뜻밖의 상황에 측량기사가 제일 먼저 한 일은 마차를 멈추는 것이었다. 그는 마차에 앉아 생각에 잠겼다.

'이 바보 같은 겁쟁이가 도망쳐버렸군. 이제 어떻게 한다? 길도 모르는데 내가 혼자 다차를 몰고 갈 수도 없고. 더군다나 모두들 내가 저 마부의 말과 마차를 훔쳤다고 생각할 거야. 어떻게 하면 좋지?'

밤새도록 여기 깜깜한 숲속에 혼자 앉아 추위에 떨면서 늑대 울음, 아니면 여윈 말이 힝힝거리는 소리나 들어야 한다고 생각하니 토지 측량기사는 소름이 오싹 끼치며 절로 몸이 움츠러들었다.

"이보게, 클림! 제발 돌아오게. 어디 있나? 클림!"

측량기사는 두 시간 동안이나 고래고래 소리를 질

렀다. 완전히 목이 쉬고 이젠 꼼짝없이 숲에서 밤을 새우게 되었다고 체념했을 즈음, 바람에 실려 무슨 소리가 들려왔다.

"클림, 자넨가? 어서 가세!"

"절 해치지 않으실 거죠?"

"이보게, 내가 농담 좀 한 걸 가지고! 이거 내가 천벌을 받겠네. 나한테 무슨 권총이 있다고 그러나! 내가 너무 무서워서 거짓말을 한 거라네. 자, 어서 가세. 얼어 죽겠구먼."

도둑놈이 벌써 자기 말과 마차를 끌고 사라졌겠거니 생각하고 있던 클림은 멈칫멈칫 숲에서 나와 마차 쪽으로 다가왔다.

"아니, 자네 아직도 겁나나? 내가 농담을 한 거라니까. 아무 걱정할 것 없네. 어서 올라타게."

마차에 오르며 클림이 중얼거렸다.

"아이구, 정말이지 이런 일이 있을 줄 알았다면 아무리 돈을 많이 준다 해도 태워드리지 않았을 겁니다요. 놀라서 거의 죽을 뻔했잖아요."

클림이 말 등에 채찍을 내리쳤다. 마차가 부르르 떨었다. 다시 클림이 채찍질을 하자 마차가 출렁거렸다. 네 번째 내리쳤을 때에야 마차는 움직이기 시작했다.

  측량기사는 외투 깃 속에 귀를 파묻고 생각에 잠겼다. 더 이상 캄캄한 밤길도, 클림도 무섭지 않았다.

검은 수사

1

 안드레이 바실리치 코브린 박사는 몹시 지치고 신경이 날카로운 상태였다. 어느 날 친하게 지내는 의사와 포도주를 마시며 이야기를 나누던 중 봄부터 여름까지 시골에서 지내다 오면 좋겠다는 조언을 들었다. 때마침 보리소프카로 다니러 오라는 타냐 페소츠카야의 편지도 날아왔다. 그리하여 코브린은 시골로 갈 결심을 했다.

 4월이었다. 코브린은 우선 고향인 코브린카로 가서 홀로 3주를 보냈다. 그리고 길이 좋아질 때까지 기다렸다가 마차를 타고 보리소프카의 페소츠키 집으로 향했다. 페소츠키는 러시아 전역에서 이름을 날리는 정원사로, 어려서 고아가 된 코브린을 맡아서 키워준 사람이기도 했다. 코브린카에서 보리소프카까지는 75킬로미터가 채 되지 않는 가까운 거리였고, 스프링이 좋은 편안한 마차를 타고 부드러운 흙길 위를 달리는 여행은 퍽 즐거웠다.

페소츠키의 집은 군데군데 회반죽이 떨어지기는 했어도 기둥이 늘어서고 사자 조각상이 있으며 제복 차림 하인이 입구를 지키는 대저택이었다. 저택과 강 사이에는 1킬로미터에 달하는 오래된 공원이 자리 잡았다. 영국식으로 구획이 나누어진 공원은 음울하고 딱딱한 분위기였다. 공원 끝에 나오는 점토질의 강둑은 험하고 가팔랐다. 강둑에 선 소나무는 털이 수북한 짐승의 발 같은 뿌리를 드러내 보였다. 그 아래로 강물이 고요히 흘렀다. 도요새가 처량한 울음을 우는 그 강변은 자리 잡고 앉아 시라도 한 수 읊고 싶은 마음을 절로 불러일으켰다.

마당과 과수원에 둘러싸인 저택은 묘목을 기르는 양묘장까지 포함해 4만 평이 넘는 규모였는데 날씨가 나쁠 때라도 늘 즐겁고 생기 있는 분위기였다. 장미, 백합, 동백, 튤립 등 온갖 꽃이 각양각색으로 화려한 자태를 뽐내고 있었다. 페소츠키의 정원에서처럼 풍성하고 아름다운 꽃을 코브린은 다른 어디서고 본 적이 없었다. 아직 이른 봄이었으므로 만개한 꽃들은 모두 온실 속에 있었다. 하지만 오솔길을 따라 이어지는 이곳저곳의 화단은 벌써 조금씩 부드러운 색깔을 입기 시작했다. 특히 아침 이슬이 영롱하게 빛나는 이른 아침에 과수원을 산책하면 천국에라도 와 있는 듯한 아름다움이 느껴졌다.

어린 코브린에게 지워지지 않는 강렬한 인상으로 남은 것은, 정작 페소츠키 자신은 하찮다고 말하곤 하는 장식적인 부분이었다. 나무들은 정말이지 온갖 기묘한 형상으로 바뀌어 있었다. 과일나무로 만든 격자무늬 담장, 피라미드형 배나무, 구처럼 동그란 참나무와 보리수, 사과나무 우산이 있는가 하면 살구나무가 아치를 이루고 글자, 샹들리에, 심지어 1862라는 숫자까지 만들어냈다. 1862년은 페소츠키가 처음으로 정원사 일을 시작한 해였다. 곧고 단단한 줄기를 가진 예쁜 나무들도 있었는데 유심히 살펴보면 여러 그루가 함께 구즈베리 열매 모양을 이루었다. 하지만 어린 코브린에게 가장 즐겁고 재미있는 구경거리는 끊임없이 이어지는 바쁜 움직임이었다. 이른 아침부터 저녁까지 나무와 관목 사이, 오솔길과 화단에서는 외바퀴 손수레를 끌고 곡괭이나 물통을 든 사람들이 개미처럼 바삐 오가곤 했다······.

코브린은 저녁 9시가 넘은 늦은 시간에 페소츠키 저택에 도착했다. 페소츠키와 딸 타냐는 안절부절못하는 모습이었다. 서리 걱정 때문이었다. 별이 초롱

초롱한 하늘과 쌀쌀한 밤기운으로 보아 다음 날 아침은 몹시 추울 듯했다. 하지만 그날따라 정원사 이반이 외출해버리는 바람에 마땅히 과수원을 지킬 사람이 없는 형편이었다. 저녁 식탁에서도 온통 서리 얘기뿐이었다. 결국 타냐가 잠을 자지 않고 있다가 1시에 과수원을 돌아보고 페소츠키가 3시 이전에 일어나 교대하기로 했다.

코브린은 저녁 내내 타냐와 함께 앉아 있다가 자정이 지난 후 함께 과수원으로 나갔다. 과수원에서는 벌써 탄내가 심하게 났다. 나무가 얼지 않도록 연기를 피웠기 때문이었다. 페소츠키에게 매년 수천 루블의 수입을 안겨주는 커다란 과수원은 검고 짙은 연기에 싸여 있었다. 연기가 위로 올라가 나무를 감싸줌으로써 수천 루블의 수입을 추위로부터 지켜내는 것이다. 과일나무들은 바둑판 모양으로 질서 정연하게 서 있었다. 어찌나 줄이 곧은지 병사들의 행렬처럼 보일 지경이었다. 융통성이라고는 전혀 없는 그 질서와 한결같은 키에 똑같이 가지를 벌린 나무들의 모습은 단조롭다 못해 지루한 풍경을 만들어냈다.

코브린과 타냐는 나무들 사이를 걸었다. 모닥불이 거름, 지푸라기, 여러 가지 쓰레기를 태우고 있었고 가끔 연기 속에서 일꾼의 모습이 나타나기도 했다. 아직은 벚나무, 살구나무, 일부 사과나무 정도에 꽃이 피었을 뿐이었지만 연기는 과수원 전체를 뒤덮었다. 코브린은 양묘장 근처에 이르러서야 심호흡을 할 수 있었다.

"어렸을 때도 연기 때문에 재채기를 하곤 했지요. 하지만 아직도 모르겠습니다. 서리를 막기 위해 연기를 피우는 이유를 말입니다."

코브린이 고개를 갸웃거리며 말했다.

"연기는 구름이나 다름없어요. 연기가 없다면······."

타냐가 대답했다.

"어째서 구름이 필요한 거지요?"

"구름이 많이 낀 흐린 날에는 아침 서리가 내리지 않거든요."

"아, 그렇군요!"

코브린은 미소를 지으며 타냐의 손을 잡았다. 추위에 빨개진 타냐의 둥근 얼굴, 가느다란 검은 눈썹, 얼굴을 옆으로 돌리지 못할 정도로 잔뜩 올려 세운 외투 깃, 이슬 때문에 살짝 걷어 올린 외투 속의 야위었지만 곧은 체구 등이 너무도 귀여웠다.

"벌써 어른이 되어버렸군요! 5년 전에 이곳을 떠

날 때만 해도 당신은 어린애였는데 말입니다. 말라빠진 체구에 다리만 길고 머리카락이 곧았지요. 짧은 치마를 입은 모습이 황새 같다고 놀려댔었는데……. 세월은 정말 빠릅니다!"

"그래요. 벌써 5년이 흘렀지요. 많은 게 변했어요."

타냐가 한숨을 내쉬는 듯하더니 정색하고 코브린을 바라보았다.

"솔직히 말씀해주세요. 저희를 잊고 계시지는 않았나요? 제가 이상한 질문을 하는군요……. 당신은 멋진 남자이고 훌륭한 사람으로 성공해 재미있는 삶을 살고 계시지요. 어찌 보면 저희와 멀어지는 것도 당연하지요. 하지만 그렇다 해도 당신이 저와 아버지를 가족처럼 여겨주면 좋겠어요. 우리는 충분히 그럴 자격이 있잖아요."

"물론 그렇게 생각하고 있답니다. 타냐."

"정말이신가요?"

"그렇고 말고요."

"아버지와 제가 당신 사진을 얼마나 많이 간직하고 있는지 오늘 보고 놀라셨을 거예요. 아버지는 늘 당신 얘기만 하시죠. 가끔은 저보다 당신을 더 사랑하는 것처럼 느껴질 정도예요. 그렇게 자랑스러워하실 수가 없다니까요. 당신은 학자이고 뛰어난 인물이죠. 훌륭한 경력을 쌓고 계시고요. 아버지는 자신의 보살핌 덕분에 당신이 그렇게 성공했다고 생각하시죠. 전 굳이 반박을 하지 않아요. 그렇게 생각하면서 만족하시도록 하는 거죠."

어느 틈에 동이 트기 시작했는지 주변 풍경이 점차 분명해졌다. 이제 연기 사이로 나무들이 뚜렷한 모습을 드러냈다. 꾀꼬리가 지저귀고 멀리 벌판에서 메추라기 소리도 들려왔다.

"이제 잘 시간이에요. 아, 춥네요."

타냐가 코브린의 팔을 잡았다.

"당신이 와줘서 정말 기뻐요. 여기서 만나는 사람들은 모두 따분하거든요. 그나마 몇 명 되지도 않고요. 언제나 과수원, 과수원, 과수원뿐이죠. 나무줄기, 나뭇가지, 개량 사과, 프랑스 사과, 방향芳香 사과, 아접목芽接木, 접지接枝⋯⋯. 우리 삶은 온통 과수원에서 가버렸어요. 꿈에서도 사과나 배만 보인다니까요. 물론 이건 좋고 고마운 일이에요. 하지만 때로는 좀 다른 일이 있으면 한답니다. 예전에 당신이 방학 때 오실 때면 늘 갑자기 집안이 밝고 생기가 돌곤 했어요. 마치 샹들리에나 가구에 씌워두었던 덮개 천을 걸어버린 것과도 같았죠. 전 그때 어린아이였지만 아주 정확히 기억하고 있답니다."

타냐는 아주 다정하게 말했다. 불현듯 코브린의 머릿속에 이 작고 약한, 쉴 새 없이 떠드는 존재와 함께 서로를 배려하면서 여름 내내 애정어린 시간을 보낼 수 있다는 생각이 떠올랐다. 그건 두 사람 모두에게 지극히 자연스럽게 느껴졌다! 코브린은 그 생각만으로도 기분이 좋아지고 웃음이 나왔다. 코브린은 타냐의 걱정 많은, 하지만 사랑스러운 얼굴을 향해 몸을 구부리고 작은 소리로 다정하게 노래하기 시작했다.

오네긴, 나는 더 이상 감추지 않겠어요.
가슴 깊이 타티야나를 사랑합니다.

집으로 돌아왔을 때 페소츠키는 이미 깨어 있었다. 코브린은 잘 생각이 별로 없었기 때문에 다시 페소츠키와 이야기를 시작했고 함께 과수원으로 나갔다. 페소츠키는 키가 크고 어깨가 떡 벌어졌으며 배가 많이 나온 체구였다. 숨차 하면서도 얼마나 빠른 속도로 걷는지 따라다니기가 쉽지 않았다. 페소츠키는 몹시 걱정스러운 표정으로 1분이라도 늦으면 세상이 무너지기라도 하는 듯 바삐 걸었다. 숨을 고르려고 잠깐 멈춘 틈에 페소츠키가 입을 열었다.

"참, 이상한 일이지. 땅에는 서리가 내리지 않았나. 하지만 4미터 정도만 올라가도 그 위쪽은 온도가 아주 따뜻한 것으로 나오지. 대체 그 이유가 뭔가?"

"글쎄요, 잘 모르겠습니다."

코브린이 웃었다.

"흠, 물론 자네라고 모든 걸 다 알 수야 없겠지. 지혜가 제아무리 커진다 해도 가닿지 못하는 부분이 있는 법이거든. 자네는 철학에 대해 많이 아는 거지?"

"예. 심리학을 공부하지만 크게 보면 철학이지요."

"지루하지는 않나?"

"전혀요. 제 삶의 이유가 공부인 걸요."

"고마운 일이야……."

페소츠키는 회색빛 구레나룻을 어루만지며 잠시 생각에 잠겼다.

"난 자네를 보고 있으면 정말 흐뭇하네……."

하지만 그 순간 무슨 소리엔가 귀를 기울이던 페소츠키는 갑자기 험악한 표정으로 돌변해 옆으로 달려갔고 곧 나무와 연기 사이로 사라졌다.

"대체 누가 사과나무에 말을 매둔 거야?"

비명에 가까운 외침 소리가 들려왔다.

"도대체 어떤 놈이 사과나무에 말을 잡아맬 생각을 했단 말이야? 맙소사, 나무가 온통 긁히고 벗겨져 상처투성이잖아! 이건 과수원을 다 죽이는 짓이야! 세상에 이럴 수가!"

다시 코브린 곁으로 돌아온 페소츠키는 지친 표정이었지만 여전히 분노를 감추지 못했다. 그리고 금방이라도 울음을 터뜨릴 듯한 목소리로 손을 비벼가며 상황을 설명했다.

"밤에 거름을 가져온 놈이 글쎄, 말을 사과나무에 묶었지 뭔가! 고삐를 어찌나 단단히 묶어놓았는지 껍질이 세 군데나 벗겨졌어. 이런 어이없는 일이 있나. 게다가 녀석을 붙잡고 얘기를 했는데도 눈만 이리저리 굴리지 뭐야! 목을 달아매도 시원찮을 놈 같으니라고!"

잠시 후 제풀에 진정이 된 페소츠키는 코브린을 껴안고 목에 입을 맞추었다.

"고마운 일이야……. 자네가 와주어서 정말 기쁘네. 얼마나 기쁜지……. 고맙네."

페소츠키는 사방을 돌아다니며 코브린에게 온실, 배양토 보관 창고, 그리고 시대의 기적이라는 양봉장

두 곳을 보여주었다.

그렇게 다니는 동안 해가 떠올라 과수원을 환하게 비추었다. 화창하고 즐거운 날이 될 것 같았다. 아직 5월 초순인 만큼 밝고 화창한, 즐거운 여름날은 앞으로 오래 이어질 것이었다. 그러자 코브린은 가슴 깊은 곳에서부터 기쁨이 샘솟는 느낌이었다. 어린 시절 이 과수원을 뛰어다니며 느꼈던 바로 그 감정이었다. 코브린은 페소츠키를 다정하게 껴안고 입을 맞추었다. 두 사람은 모두 깊이 감동한 채로 집 안으로 들어가 오래된 찻잔에 차를 따라 마셨다. 크림과 맛있는 빵도 곁들였다. 이런 작은 일들도 코브린에게 어린 시절을 떠올리게 했다. 만족스러운 현재와 거기서 일깨워진 과거의 기억이 함께 뒤섞였다. 마음이 다소 혼란스러웠지만 나쁘지 않은 기분이었다.

코브린은 타냐가 일어날 때까지 기다렸다가 함께 커피를 마셨다. 그리고 잠시 산책을 한 후 자기 방으로 돌아가 책상 앞에 앉아 집중해서 책을 읽었다. 가끔씩 메모를 하기도 하고 눈을 들어 창밖을 내다보거나 책상 위 화병에 꽂힌 싱싱한 꽃을 보기도 했다. 하지만 곧 다시 시선을 책으로 돌렸다. 몸속의 혈관 하나하나가 즐거움에 몸을 떨며 뛰노는 듯했다.

2

시골에서도 코브린의 생활은 도시의 긴장되고 바쁜 일상과 다를 것 없이 이어졌다. 엄청난 양의 원고를 읽고 썼으며 이탈리아어를 공부했다. 산책이라도 할 때면 어서 빨리 돌아가 책상에 앉을 생각뿐이었다. 어찌나 잠을 적게 자는지 모두 놀랄 지경이었다. 낮에 30분이라도 살짝 잠이 들었다면 밤새도록 자지 않았다. 그래도 다음날 아침이면 아무 일 없었다는 듯 활기찬 모습이었다. 그는 말을 많이 했고 포도주를 즐겨 마셨으며 값비싼 담배를 피웠다.

페소츠키 집에는 거의 매일같이 이웃 아가씨들이 찾아와 타냐와 함께 피아노를 치며 노래를 부르곤 했다. 바이올린을 잘 켜는 젊은 이웃 청년이 합세하기도 했다. 코브린은 열중해서 음악과 노래를 듣다가 결국 녹초가 되어 눈을 감고 고개를 옆으로 떨구는 일이 많았다.

하루는 늦은 오후에 코브린이 발코니에서 책을 읽

고 있었다. 거실에서는 소프라노인 타냐와 알토인 한 아가씨, 그리고 바이올린을 연주하는 이웃 청년이 함께 어울려 유명한 세레나데를 연습하는 중이었다.

코브린은 노랫말에 귀를 기울였다. 분명 러시아어였지만 도대체 뜻을 이해할 수 없었다. 결국 책을 집어던지고 온 정신을 집중한 후에야 공상에 빠진 소녀에 대한 노래라는 것을 알 수 있었다. 그 소녀는 한밤의 정원에서 신비로운 소리를 듣게 된다. 성스러우면서도 아름답고 낯선 소리다. 유한한 존재인 인간은 이해할 수 없는 그 소리는 곧 천상으로 사라져 버린다······.

코브린의 두 눈이 감기기 시작했다. 간신히 몸을 일으킨 그는 휘청거리며 거실과 복도를 오가다가 노래가 잠깐 멈춘 틈을 타서 타냐의 손을 잡고 발코니로 나갔다. 코브린이 말했다.

"아침에 문득 어떤 전설 같은 이야기가 떠올랐는데 종일 그 생각이 나는군요. 어디서 읽은 것인지, 누구한테 들은 것인지 기억나지 않지만 정말로 이상하고 알 수 없는 이야기랍니다.

지금으로부터 1천 년 전에 검은 옷을 입은 어떤 수사가 평원을 가로질러 걸어갔다고 합니다. 시베리아인지 아라비아인지 뭐, 그런 곳을요. 그런데 그가 걷고 있던 곳에서 몇 마일이나 떨어진 곳에서 어부들이 천천히 호수 수면 위를 걸어가는 검은 옷차림의 수사를 목격했다는 겁니다. 이 두 번째 수사는 환영이었지요. 광학의 법칙이니 하는 생각은 일단 접어두고 계속 들어보십시오. 이 환영으로부터 또 다른 환영이 만들어지고 다시 세 번째 환영이 만들어졌습니다. 그렇게 해서 검은 옷을 입은 수사의 모습은 무수히 많이 나타나게 되었던 것입니다. 아프리카, 스페인, 인도 등 헤아릴 수 없을 정도로 많은 곳에서 수사를 보았다는 말이 나왔지요. 결국에 그는 지상의 공간을 초월하였고 이제는 전 우주를 자유로이 다닌답니다. 절대 사라지지 않는 거지요. 어쩌면 지금은 화성이나 남십자성 어느 별에서 모습을 드러내고 있을지도 모릅니다.

그런데 타냐, 이야기의 핵심은 과거에 평원에서 수사가 처음 목격된 때로부터 정확히 1천 년이 지나고 나면 환영이 다시 이 세상으로 내려와 사람들 눈에 보이게 된다는 데 있습니다. 그리고 어쩌면 지금이 바로 그 1천 년째인지도 모릅니다. 오늘이나 내일 중에 우리가 검은 수사를 보게 될 수도 있는 겁니다."

"이상한 환영 이야기예요."

타냐는 그 전설이 썩 마음에 들지 않는 듯했다.

"정말로 이상한 건 내가 어떻게 그 이야기를 알게 되었는지 도무지 모르겠다는 점이에요."

코브린이 말을 이었다.

"어디서 읽었던 걸까요? 누구한테 들은 걸까요? 아니면 꿈속에서라도 검은 수사를 보았던 걸까요? 맹세코 전혀 아무런 기억이 없거든요. 하지만 지금은 온통 그 이야기 생각뿐이에요. 온종일 그 생각을 했다니까요."

타냐를 다시 거실로 돌려보낸 후 집을 나선 코브린은 생각에 잠긴 채 화단을 지나 계속 걸었다. 벌써 해가 지고 있었다. 일꾼이 방금 물을 준 듯 꽃들은 축축하고 자극적인 향기를 풍겼다. 집에서는 다시 노랫소리가 나기 시작했다. 멀리서 들려오는 바이올린 소리가 사람 목소리처럼 느껴졌다. 코브린은 대체 어디서 그 이야기를 알게 된 것인지 기억해 내기 위해 애쓰면서 천천히 공원을 지나 어느새 강에까지 이르렀다.

겉으로 드러나 있는 나무뿌리 옆으로 오솔길이 구불구불 이어졌다. 그는 물가로 내려갔다. 도요새와 거위 두 마리가 깜짝 놀라 달아났다. 음울한 모습으로 서 있는 소나무 가지 사이로 저물어가는 태양의 마지막 햇살이 반짝였다. 하지만 강물은 벌써 저녁 풍경이었다. 코브린은 나무 다리를 건너 반대편 강가로 갔다. 그러자 아직 꽃도 피우지 않은 어린 호밀이 가득한 평원이 눈에 들어왔다. 주위에는 집도, 사람도 없었다. 오솔길을 따라 계속 걸어가면 알지 못할 수수께끼 같은 곳으로 갈 것만 같았다. 태양이 지는 곳, 저녁노을이 웅장하게 빛나는 곳 말이다. 코브린은 오솔길을 거닐며 생각했다.

'이곳은 얼마나 넓고 자유로운지, 얼마나 고요한지! 마치 세상 모두가 나를 바라보는 듯해. 내가 세상의 수수께끼를 풀어줄 때까지 기다리는 거지······.'

바로 그때 호밀밭이 파도치듯 일렁였다. 저녁 미풍이 코브린의 얼굴을 간질였다. 잠시 주춤하던 바람은 몇 분이 지나자 한층 기세가 강해져 호밀밭을 뒤흔들었다. 뒤쪽에서는 소나무가 웅성거리는 소리를 냈다. 코브린은 놀라 멈춰 섰다. 멀리 지평선에서 회오리바람 같은 것이 이는 듯하더니 갑자기 땅에서 커다란 검은 기둥이 높이 솟아올랐다. 형체는 잘 분간되지 않았지만 첫눈에 보기에도 그것이 제자리에 멈춰 선 것이 아니라 엄청나게 빠른 속도로 코브린을 향해

다가오고 있다는 점이 분명해졌다. 코브린은 비켜서기 위해 순간적으로 호밀밭 쪽으로 물러섰다.

회색 머리에 검은 눈썹을 하고 온통 검은 옷을 입은 수사였다. 가슴에 성호를 그어 보인 후 곁을 스쳐 지나가는 수사의 맨발은 땅에 닿지 않았다. 3미터쯤 멀어졌을까. 그는 코브린을 되돌아보며 고개를 끄덕이더니 다정하면서도 교활한 미소를 지었다. 너무도 새하얀, 소름이 끼칠 정도로 새하얗고 여윈 얼굴이었다! 뒷모습이 다시 점점 커지기 시작했다. 수사는 강을 뛰어 건넜고 소리도 없이 건너편에 닿으며 소나무에 부딪히는가 싶더니 연기처럼 사라졌다.

"아, 이럴 수가……. 그 이야기는 사실이었군."

코브린이 중얼거렸다.

그렇게 가까운 거리에서, 수사의 검은 옷뿐 아니라 얼굴과 눈까지 분명히 보았다는 데 만족한 코브린은 그 이상한 현상을 설명해보려 하지도 않은 채 흥분되어 집에 돌아왔다.

늘 그렇듯 일꾼들이 바삐 오갔고 집에서는 음악 소리가 들렸다. 결국 코브린 혼자만 수사를 본 셈이었다. 타냐와 페소츠키에게 모든 것을 털어놓고 싶었지만 십중팔구 헛소리로 여겨지고 걱정이나 끼칠 것이

뻔했기 때문에 입을 다물기로 했다. 그리고 큰 소리로 웃고 노래 부르며 마주르카 춤을 추었다. 너무도 즐거운 모습이었다. 손님들과 타냐는 그날따라 코브린의 얼굴이 특히 밝고 즐겁게 빛난다고 생각했다.

3

 저녁 식사 후 손님들이 가고 난 뒤 코브린은 방으로 돌아와 소파 위에 길게 누웠다. 아까 만났던 수사에 대해 생각하고 싶었다. 하지만 곧바로 타냐가 들어왔다.

 "아버지가 쓰신 글이에요. 좀 읽어보세요."

 타냐가 책 한 권을 건네주었다.

 "정말 얼마나 멋진지 몰라요. 아버지는 글을 아주 잘 쓰신답니다."

 "또 시작이구나!"

 페소츠키가 무안해하는 표정을 지으며 뒤따라 들어왔다.

 "얘 말을 들을 것 없네. 쓸데없는 것 읽느라 시간 낭비하지 말게. 혹시 잠이 안 온다면 읽어도 좋지. 수면제 역할은 톡톡히 할 테니까."

 "제가 보기에는 정말로 훌륭한걸요. 당신도 읽어 봐 주세요. 그리고 좀 더 자주 글을 쓰시라고 아버지께 말씀드려주세요. 아버지는 원예에 대해서는 어떤 주제든 얼마든지 쓰실 수 있을 거예요."

타냐가 단호한 어조로 말했다. 페소츠키는 얼굴이 벌겋게 달아올라 헛기침을 했고 겸손한 저자들이 늘 하기 마련인 말들을 늘어놓았다. 그리고 마침내는 딸아이 등쌀에 졌다는 듯 떨리는 손으로 책자를 뒤적여가며 말을 시작했다.

"꼭 읽어보겠다면 여기 이 고셰의 논문부터 시작해야 하네. 그렇지 않으면 이해가 안 갈 거야. 도대체 어떤 주장에 반박하려는 것인지 먼저 알아야 하지 않겠나. 어떻든…… 자네한테는 지루한 일일 걸세. 별 도움 될 것도 없고 말이야. 자, 이제 잘 시간이군."

타냐가 방을 나갔다. 페소츠키는 코브린 곁에 앉아 깊은 한숨을 쉬었다. 그리고 잠시 침묵을 지키다가 입을 열었다.

"그래, 자네는 우리 식구나 다름없는 사람이네. 내가 가장 사랑하는 사람이지. 난 이렇게 논문을 쓰고 과수果樹 박람회에도 참가하고 메달도 받으면서 산다네……. 사람들은 내 머리에서 사과가 열린다고들 하지. 대단한 자수성가를 이루었다고도 하고. 그래, 이제 돈도 벌고 명예도 얻었지. 하지만 자꾸 의문이

들어. 이 모두가 대체 뭘 위한 것이었을까? 과수원은 정말 아름답고 멋지지……. 이건 일개 과수원에 그치는 것이 아니야. 국가적으로 엄청난 중요성을 지닌 하나의 체제야. 이 덕분에 러시아 경제와 산업은 새로운 단계에 진입할 수 있거든……. 하지만, 하지만 그래서 어쨌다는 거지? 목적이 대체 뭐란 말인가?"

"지금까지 해놓으신 일들이 모든 것을 보여주고 있지 않습니까?"

"그 얘기를 하자는 게 아닐세. 내가 죽고 나면 대체 과수원이 어떻게 될 것 같은가? 지금과 같은 모습은 내가 없다면 한 달도 채 못 갈 걸세. 성공의 비결은 과수원의 규모나 일꾼의 수에 있는 것이 아니야. 내가 이 일을 사랑한다는 것이 가장 중요하지. 알겠나? 난 나 자신보다 일을 더 사랑하는지도 몰라. 날 보게. 모든 일을 직접 하고 있지 않나. 새벽부터 밤까지 일하지. 접붙이기도, 가지치기도, 묘목 심기도 몽땅 내 손으로 해야 한다니까. 남들의 손을 빌리게 될 때면 안절부절못하며 험한 소리를 내뱉게 된다네. 그러니 성공의 비결은 사랑이지. 주인의 날카로운 눈길, 정성스러운 손놀림, 혹시 어딘가 가게 되면 채 한 시간도 안 돼서 과수원에 무슨 일은 없는지 걱정이

된다네. 그러니 내가 죽으면 누가 이 과수원을 돌보겠나? 누가 나처럼 과수원을 사랑하는 마음으로 일하겠느냐는 말일세. 정원사가? 일꾼들이? 그렇게 생각하나? 솔직히 말해 난 과수원을 돌보는 일에서 제일 큰 위험은 토끼도, 진딧물도, 서리도 아닌 낯선 사람의 거친 손길이라고 생각하네."

"타냐가 있지 않습니까? 과수원을 사랑하고 이 일을 잘 아는 사람이지요."

코브린이 미소를 지으며 말했다.

"그래, 맞는 말이야. 내가 죽고 나면 딸아이가 과수원을 물려받아 주인 노릇을 하겠지. 그 이상 적당한 사람은 없을 거야. 하지만 말일세, 그 아이가 시집을 가버린다면, 그래서 아이가 태어난다면 어떻게 되겠나? 과수원 따위는 생각할 시간도 없게 될 걸세."

페소츠키의 말소리는 어느새 속삭임으로 바뀌었고 얼굴에는 공포가 떠올랐다.

"내가 두려워하는 건 바로 그걸세. 타냐가 시집을 가면 그 남편 되는 사람은 그저 몇 푼 수입이나 챙길 요량으로 과수원을 상인들에게 빌려줄 거야. 그다음에는 아마 1년도 못 되어 모든 것이 엉망이 되겠지. 이 일은 그렇다네. 잠시만 한눈을 팔아도 몽땅 망쳐버린다니까."

페소츠키는 한숨을 내쉬었다. 잠시 침묵이 흘렀다.

"이건 지나치게 이기적인 생각일지 모르지만 솔직히 말해 난 타냐가 시집을 가지 않으면 좋겠네. 너무 두려워! 왜, 우리 집에 자주 놀러 와 바이올린을 연주하는 청년이 있지 않나. 타냐가 그 청년을 신랑감으로 여기지 않는다는 걸 잘 알면서도 그래도 그 사람을 보면 마음이 언짢을 정도야. 그래. 난 정말 괴팍한 사람인가 봐. 인정함세……."

페소츠키는 자리에서 일어나더니 안절부절못하며 방 안을 오갔다. 무언가 중요한 말을 하고 싶지만 선뜻 입이 열리지 않는 듯했다. 그러다가 마침내 두 손을 주머니에 찔러 넣은 채 말을 시작했다.

"난 자네를 정말 사랑하네. 그래서 솔직히 내 맘을 털어놓고 싶어. 난 본래 골치 아픈 문제가 있어도 단순하게 생각하고 직설적으로 이야기하는 편이네. 꿍하고 속으로만 생각하는 걸 못 참지. 그러니 지금도 솔직히 말하겠네. 자네는 내가 딸을 주어도 두렵지 않은 유일한 사람이야. 현명하고 마음도 따뜻하고 내가 사랑하는 일을 함부로 여기지 않을 사람이지. 물론 제일 큰 이유는 내가 자네를 아들처럼 사랑하고 자랑스럽게 여긴다는 거야. 자네하고 타냐가 맺어진다면, 난 정말 더할 나위 없이 기쁘고 행복할 걸세. 이건 한 치의 거짓도 없는 내 진심이야."

코브린이 살짝 웃었다. 페소츠키는 방문을 열고 나가기 전에 잠시 멈춰 섰다.

"자네하고 타냐 사이에 아들이 태어난다면 난 그 녀석을 정원사로 키울 거야……. 이런, 헛된 공상이 끝이 없군. 잘 자게."

혼자 남은 코브린은 편안한 자세로 누워 타냐가 준 책을 읽기 시작했다. 첫 번째 글의 제목은 '중간 종 작물에 대해'였고 두 번째는 '새로운 정원 조성에서 삽 깊이로 흙을 파야 한다는 Z 씨의 주장에 대한 의견', 세 번째는 '싹의 아접목에 대해'가 이어졌다. 어조가 들쑥날쑥하고 지나치다 싶을 정도로 감정적인 글들이었다.

예를 들어 러시아 안토노프스키 사과나무에 대한 글은 극히 평범한 제목과 일반적인 내용을 담고 있었지만 페소츠키는 굳이 'audiatur altera pars('다른 측면에 대해 생각해주기 바란다'는 뜻의 라틴어)'라는 표현으로 시작해 'sapienti sat('지혜로운 사람에게는 이것으로 충분하다'는 뜻의 라틴어)'로 끝을 맺고 있었다. 그리고 그 중간에는 '자만심에 가득 차 자연을 바라보며 스스로 유식하다고 생각하는 무지한 정원사'를 향한, 혹은 '문외한이나 비전문가들에게 인정받는' 자칭 전문가를 향한 독설이 끝없이 이어졌고 사이사이에는 멋도 모르고 과일나무를 키우겠다고 나섰다가 나무를 망쳐버리고 마는 사람들에 대한 장문의 탄식이 어울리지 않는 자리에 불쑥 나타나곤 했다.

'이 아름답고 평화로우며 건전한 노동에도 역시 다툼이 존재하는군. 어디서건 이상을 좇는 인간은 예민하고 날카로울 수밖에 없는 모양이야.'

코브린은 아버지의 글을 그토록 마음에 들어했던 타냐에 대해 생각했다. 타냐는 크지 않은 키에 쇄골이 분명히 드러날 정도로 여위었고 창백했다. 지혜로워 보이는 크고 검은 두 눈은 늘 어딘가 바라보거나 무언가 찾는 듯했다. 발걸음은 아버지를 닮아 종종거리며 항상 바빴다. 말이 많고 논쟁을 좋아하며 별 의미 없는 말에도 온갖 표정과 몸짓을 담곤 했다. 신경도 아주 날카로울 것이 분명했다.

코브린은 책을 좀 더 읽으려 했지만 그 내용을 이해할 수 없어 결국은 집어던져 버렸다. 조금 전 마주르카를 추고 음악을 듣던 기분 좋은 흥분 상태가 지나자 피로감이 밀려왔다. 그는 이런저런 생각에 잠겼다. 몸을 일으켜 방 안을 서성이면서 검은 수사에 대해 떠올렸다. 그 이상하고 비현실적인 수사의 모습을 오로지 혼자만 보았다는 것은 결국 환각 상태를 의미하지 않을까 하는 의문이 머리를 스쳐갔다.

'하지만 난 건강한 상태인걸. 누구에게 잘못한 일도 없어. 그러니 환각 상태라 해도 나쁜 종류는 아닐 거야.'

이렇게 생각하니 다시금 기분이 좋아졌다.

그는 소파에 앉아 온몸을 가득 채운 알 수 없는 기쁨을 억누르려는 듯 머리를 두 손으로 감싸 안았다. 그리고 다시 책상 앞에 앉았다. 하지만 책 내용은 그를 만족시키지 못했다. 무언가 거대하고 영원한 것, 커다란 감동을 주는 것을 바라는 마음이었다. 아침이 다 되었을 때에야 옷을 벗고 마지못해 침대에 누웠다. 조금이라도 잠을 자야만 했다.

페소츠키가 과수원으로 나가는 소리가 들려왔을 때 코브린은 벨을 눌러 하인에게 포도주를 가져오게 했다. 그리고 붉은 포도주를 몇 잔 마시고 이불을 뒤집어썼다. 의식이 희미해지기 시작했고 그는 결국 잠이 들었다.

4

페소츠키와 타냐는 자주 말다툼을 하며 서로에게 상처를 주었다.

그날 아침에도 언쟁이 벌어졌다. 타냐는 울음을 터뜨리며 자기 방으로 뛰어 들어갔다. 그리고는 점심 먹을 때도, 차 마실 때도 나오지 않았다. 페소츠키는 처음에는 기세등등하게 집 안을 돌아다니며 자신은 다른 누구보다도 공정하고 올바른 사람이라는 듯한 태도를 취했지만 곧 기가 죽었다. 그리고 서글픈 모습으로 공원을 오가며 계속 한숨을 쉬었다. 식사 시간에도 음식에 손을 대지 않고 그저 한숨만 푹푹 내쉬었다. 마침내 죄책감을 이기지 못한 그는 주저주저하며 타냐의 방문으로 다가가 조심스레 딸을 불렀다.

"타냐! 얘, 타냐야!"

안에서는 울다 지쳐 가늘어진, 하지만 단호한 목소리가 새어 나왔다.

"제발 절 좀 내버려두세요."

주인들의 불편한 심기가 온 집 안에 드리워졌다. 과수원의 일꾼들까지도 우울한 듯했다. 공부에 몰두해 있던 코브린조차 결국에는 지루하고 답답한 마음이 들었다. 어떻게든 분위기를 바꾸어보기 위해 직접 나서기로 결심했다. 그는 저녁 시간이 되기 전에 타냐의 방문을 두드렸다. 타냐는 문을 열어주었다.

"아아, 정말 부끄러운 일이 아닙니까."

장난스럽게 말을 시작하던 그는 금방이라도 울음이 터질 듯 상기된 타냐의 얼굴을 보고 흠칫 놀랐다.

"정말로 그렇게 심각한 일입니까?"

"아버지가 저를 얼마나 괴롭히는지 당신은 모르실 거예요."

타냐의 커다란 눈동자에서 뜨거운 눈물이 뚝뚝 떨어졌다. 두 손을 힘주어 모은 채 타냐는 말을 이었다.

"전 아버지에게 아무 말도 하지 않았어요. 정말, 아무 말도요……. 그저 남는 일꾼들을 꼭 데리고 있어야 하냐고 했을 뿐이죠. 날품팔이를 쓰면 되니까요. 일꾼들은 벌써 일주일 동안이나 별일 없이 놀고 있거든요. 저는, 저는 그저 그 말을 했을 뿐인데 아버지는 버럭 고함을 지르고 싫은 소리를 하시는 거예요. 모욕적인 말까지도요. 도대체 왜 그러시는 걸까요?"

"자, 자, 그만 해요."

코브린이 타냐의 머리를 쓰다듬으며 달랬다.

"이만큼 울었으면 됐어요. 오랫동안 화를 내고 있으면 안 돼요. 아버지가 얼마나 당신을 사랑하시는지 잘 알고 있잖아요."

"아버지는 제 인생을 완전히 망쳐버리신 거예요."

타냐는 여전히 흐느끼는 소리로 말을 이었다.

"전 그저 꾸중이나 듣고 모욕당할 뿐이에요. 아버지한테는 제가 필요 없는 모양이에요. 그 생각이 맞을지도 모르죠. 그래요, 전 내일 당장 이곳을 떠나겠어요. 전신수로 취직하면 그만이죠, 뭐. 그렇게 되면……."

"그만하라니까요. 울지 말아요, 타냐. 이럴 필요 없는 일이에요. 당신과 아버지는 둘 다 화를 내고 서로에게 상처를 주었으니 모두 책임이 있어요. 자, 나 갑시다. 내가 화해시켜 줄게요."

코브린은 부드러운 말투로 타냐를 설득했다. 하지만 타냐는 계속 두 손을 모으고 어깨를 들썩이며 울기만 했다. 마치 세상에서 가장 끔찍한 불행이라도 닥친 듯 보였다. 그리 큰일이 아니었는데도 그토록 괴로워하는 모습을 보자 코브린은 점점 타냐가 애틋하게 느껴졌다. 이 가냘픈 존재는 하찮은 사건에도 하루 종일, 아니 평생 불행할 수 있는 것이다! 타냐를 달래면서 코브린은 이 부녀父女를 빼놓고는 자신을 그렇게 가족처럼 사랑해주는 사람이 아무도 없다는 것을 생각했다. 이 두 사람이 없었다면 일찍이 부모를 모두 잃은 코브린으로서는 피를 나눈 가까운 이들 사이의 따뜻한 배려와 조건 없는 사랑을 죽는 날까지 알지 못했으리라. 자신의 병들고 지친 신경은 몸을 떨며 울고 있는 이 처녀의 예민한 신경과 마치 철과 자석인 양 잘 맞는다는 생각도 들었다. 그는 건강하고 강인한 붉은 볼의 여성은 사랑하지 못할 것 같았지만 이 창백하고 약한, 불행한 타냐는 마음에 꼭 들었다.

코브린은 부드럽게 타냐의 머리칼과 어깨를 쓰다듬어주었다. 손을 잡고 눈물도 닦아주었다. 마침내 타냐가 울음을 그쳤다. 하지만 한참 동안 아버지에 대한 불만과 자신의 고달픈 생활에 대한 넋두리를 쏟아냈다. 한숨을 내쉬며 자신의 못된 성격을 원망하기도 했다. 그러다가 천천히 미소를 되찾더니 결국 자신을 바보라 부르며 웃는 얼굴로 방을 뛰쳐나갔다.

잠시 뜸을 들이다가 코브린이 정원으로 나갔을 때 페소츠키와 타냐는 이미 아무 일 없었다는 듯 다정히 거닐고 있었다. 그리고 몹시 배가 고팠다는 듯 소금 곁들인 호밀빵을 마구 먹어 치웠다.

5

 두 사람을 성공적으로 화해시켰다는 뿌듯함을 안고 코브린은 밖으로 나갔다. 벤치에 앉아 생각에 잠겨 있자니 덜컹거리는 마차 소리와 여자 웃음소리가 들렸다. 손님이 온 모양이었다. 과수원에는 어둠이 깔리기 시작했고 바이올린과 노랫소리가 어렴풋이 흘러왔다. 불현듯 전에 만났던 검은 수사 생각이 떠올랐다. 그 이상한 형상은 지금 어느 나라, 어느 행성을 떠돌고 있을까?

 다시금 검은 수사의 이야기를 떠올리면서 호밀밭에서 보았던 모습을 그려보았다. 순간 소나무 사이에서 솟아나듯 아니, 어쩌면 반대편에서 다가오듯 사람 하나가 나타났다. 중간 키에 회색 머리칼을 하고 온몸에 검은 옷을 걸친 사내가 소리도 없이 다가왔다. 맨발인 그는 걸인처럼 보이기도 했다. 죽은 사람처럼 창백한 얼굴에 검은 눈썹이 도드라졌다. 고개를 끄덕여 인사를 건넨 뒤 그 기이한 인물은 소리 없이 옆자리에 앉았다. 그때에야 코브린은 그가 검은 수사라는 것을 알아보았다. 두 사람은 잠시 서로를 바라보았다. 코브린은 경악을 감추지 못했으나 수사는 전과 다름없이 다정하고 지혜로운 얼굴이었다.

"당신은 환영幻影이지요? 어째서 여기 나타나 저와 나란히 앉아 계신 겁니까? 이건 제가 들은 전설 이야기와는 다른 걸요."

코브린이 말했다

"그건 중요하지 않아."

수사는 코브린 쪽으로 얼굴을 돌리더니 작은 소리로 천천히 대답했다.

"전설이나 환영이나 지금 내 모습이나 모두 당신의 상상이 만들어낸 것이니. 난 환영이 맞다네."

"그럼 실제로는 존재하지 않으신다는 거죠?"

코브린이 물었다.

"좋을 대로 생각하게."

수사가 살짝 미소를 지었다.

"난 자네의 상상 속에서 존재하네. 그 상상은 자연의 일부이니 결국 나도 자연 속에 존재한다고 할 수 있겠군."

"당신은 아주 현명하고 다정다감한 노인의 얼굴을

가지고 있어요. 마치 1천 년은 살아온 것 같아요. 제 상상력이 당신을 만들어냈다니 정말로 알 수 없는 일이에요. 그런데 당신은 왜 그렇게 기쁜 표정인가요? 제가 마음에 든다는 뜻인가요?"

"그렇다네. 자네는 신이 선택한 몇 안 되는 사람 중 하나지. 영원한 진실을 탐구하는 사람 말이야. 자네의 모든 생각, 계획, 학문, 인생 전체에 하늘의 낙인이 찍혀 있는 것이나 다름없어. 그 모두가 지혜나 아름다움, 다시 말해 영원을 위해 존재하지."

"영원한 진실이라고 말씀하셨나요? 하지만 대체 유한한 존재인 인간이 영원한 진실에 접근하는 것이 가능한 일인가요? 영원히 살지 못하는 인간에게 영원한 진실이 왜 필요한가요?"

"영원한 진실은 존재하네."

"그럼 당신은 인간의 불멸을 믿으시나요?"

"물론이지. 위대하고 찬란한 미래가 인간을 기다리고 있네. 자네 같은 사람이 많으면 많을수록 그 미래는 더 빨리 다가올 거야. 더 높은 곳을 바라보며 자유롭게 사고하는 사람이 없다면 인류는 아무것도 아니네. 그저 자연법칙에 따라 발전해 나가다가 머지않아 그 역사를 마감할 뿐이지. 자네 같은 사람들은 몇

천 년이라는 세월을 앞당겨 인류를 영원한 진실로 인도하게 되지. 자네의 위대한 과업은 바로 거기 있네. 자네는 인류에게 전해진 신의 말씀 그 자체와 다름없어."

"영원한 진실의 목적은 무엇이죠?"

코브린이 다시 물었다.

"삶의 목적과 같네. 쾌락이지. 진실한 쾌락은 앎에 있어. 그리고 영원한 삶은 앎을 위한 무수하고 무한한 원천을 제공한다네. '내 아버지의 집에는 거할 곳이 많다'는 성경 말씀의 의미도 바로 이것이지."

"당신의 말을 듣게 되어 정말로 얼마나 기쁜지 모릅니다."

"그렇다니 나도 기쁘네."

"하지만 당신이 떠나고 나면 곧 전 당신의 존재에 대한 의문이 끝없이 떠오르곤 합니다. 당신은 환영이고 헛것이지요. 그러면 결국 그건 제가 정신적인 병을 앓고 있다는 뜻이 아닙니까?"

"설령 그렇다 해도 뭐 어떤가? 당황할 일이 무엇인가? 지쳐버릴 정도로 열심히 공부했으니 병이 난 것도 당연해. 자네는 이상理想을 위해 건강을 희생한 걸세. 머지않아 목숨마저 바치게 될 거야. 이보다 더 좋은 일이 있겠나? 고결한 성품을 넘어 뛰어난 재능을 부여받은 모든 이들이 한결같이 바라는 것이 아닌가."

"제가 정신적으로 병자라는 점을 인정한다면 어떻게 자신을 믿을 수 있겠습니까?"

"그렇다면 온 세상이 믿고 의지하는 천재들이 자네처럼 환영을 보지 않았으리라 생각하는 이유는 무엇인가? 오늘날 학자들은 천재성과 광기가 종이 한 장 차이라고 말하고 있네. 건강하고 정상적이려면 평범한 사람, 군중 속의 사람이 되어야 하네. 신경 쇠약, 피로, 남과 다른 모습 등에 불안을 느끼는 것은 인생의 목적을 현재에 두는 일반인들뿐이야."

"로마인들은 건강한 몸에 건강한 정신이 깃든다고 말했지요."

"로마인이든 그리스인이든 진실만을 말한 것은 아니네. 고양된 정신, 지적 자극, 희열 같은 것이야말로 예언가, 시인, 이상가를 보통 사람들로부터 구분해주지. 신체적 건강, 즉 인간의 동물적 측면과 대비되는 측면이야. 다시 말하지만 건강하고 정상적이기를 원한다면 일반인 무리 속으로 들어가게."

"이상한 일이군요. 당신은 제가 자주 머릿속에 떠

올렸던 생각을 그대로 말씀하고 있습니다. 마치 제 생각을 엿보고 엿들으신 것만 같습니다……. 자, 이제 제 이야기는 그만둡시다. 당신은 영원한 진실이 무엇이라 생각하십니까?"

아무런 대답이 없었다. 코브린은 옆을 돌아보았지만 검은 수사의 얼굴이 보이지 않았다. 수사의 형상이 희미해지면서 사라졌다. 머리가, 손이 사라지더니 몸통이 벤치와 저녁 어스름에 섞여 들었고 결국은 자취를 감추고 말았다.

"환상이 끝났군. 유감인걸."

코브린은 미소를 지었다.

그는 즐겁고 행복한 기분이 되어 집 쪽으로 걷기 시작했다. 검은 수사가 말해준 것들은 그의 자존심뿐 아니라 영혼과 존재 자체를 한없이 부풀게 했다. 그는 선택된 것이다. 영원한 진실을 찾기 위해 봉사하고 신의 왕국에 들어가기에 합당하게끔 인류를 준비시키는 것이다. 전쟁과 죄악, 고통으로부터 인간을 해방시키고 자신의 모든 것, 젊음과 건강, 힘 등을 다 바쳐 인류의 미래를 위해 죽을 준비를 하는 것이다. 얼마나 고결한 인생인가, 얼마나 행복한 운명인가! 노력으로 가득 찬 티 한 점 없는 과거가 떠올랐다. 자신이 배웠던 것, 그리고 남에게 가르쳤던 것을 기억했다. 그리고 그는 수사의 말에 전혀 과장이 없음을 확신했다.

반대편에서 타냐가 걸어왔다. 다른 옷으로 갈아입은 상태였다.

"여기 계셨어요? 얼마나 찾았는지 몰라요. 아니, 무슨 일이죠?"

코브린의 희열로 빛나는 얼굴과 눈물이 가득 고인 눈을 보자 타냐는 깜짝 놀랐다.

"당신 좀 이상해 보여요."

"아무 일 없소."

코브린은 타냐의 어깨에 손을 올렸다.

"아니, 너무도 행복해서 미칠 지경이오. 타냐, 당신은 정말로 좋은 사람이오. 난 얼마나 기쁜지 모르오."

코브린은 타냐의 두 손에 뜨거운 입맞춤을 하고 말을 이었다.

"방금 신성하고 아름다운, 이 세상의 것이 아닌 듯한 순간을 경험한 참이오. 하지만 당신에게 다 털어놓을 수는 없군요. 내 말을 믿지 않고 내가 돌았다고 생각할 테니 말이오. 그러니 당신 이야기만 합시다.

사랑스러운 타냐! 난 벌써 오래전부터 당신을 사랑해왔소. 나는 늘 당신 곁에 있고 싶소. 하루에 열 번이라도 당신을 만나고 싶은 것이 내 마음이오. 도시로 돌아가게 되면 당신 없이 어떻게 살 수 있을지 정말 모르겠소."

"무슨 말씀을!"

타냐는 웃었다.

"이틀만 지나면 여기는 까맣게 잊으실 거예요. 우리는 당신처럼 위대한 인물에 비하면 한없이 초라한걸요."

"아니오! 절대 그럴 리 없어요. 당신과 함께 돌아가고 싶소, 타냐. 그렇게 해주겠소? 내 사람이 되어주겠소?"

"글쎄요."

타냐는 미소를 지으려 했지만 마음대로 되지 않았다. 얼굴은 붉게 달아올랐다. 타냐는 두근거리는 마음을 진정시키려는 듯 서둘러 걸음을 옮겼다. 하지만 발길은 집이 아니라 강 쪽을 향하고 있었다.

"그 생각은 미처 해보지 못했어요. 미처……."

타냐는 당황한 듯 두 손을 마주잡았다. 코브린은 여전히 희열에 찬 얼굴로 타냐를 뒤따르면서 말을 이었다.

"날 온통 사로잡을 사랑이 필요하오. 당신만이 그런 사랑을 줄 수 있소. 난 행복하오. 너무도 행복하오."

타냐는 몹시 놀란 듯 어깨를 움츠렸다. 갑자기 십 년은 늙어버린 듯했다. 하지만 코브린은 그런 그녀가 너무도 아름답게 느껴져 큰 소리로 자신의 감격스러운 마음을 표현하지 않을 수 없었다.

"아, 이 얼마나 어여쁜가!"

6

 코브린으로부터 타냐를 좋아할 뿐 아니라 곧 결혼하고 싶다는 이야기까지 듣고 난 페소츠키는 흥분을 가라앉히려 애쓰면서 오랫동안 방 안을 거닐었다. 손이 떨렸고 시뻘겋게 변한 목은 뻣뻣했다. 그는 마차를 준비시켜 어디론가 갔다. 귀를 덮을 정도로 모자를 깊이 눌러쓴 아버지가 채찍을 마구 내리치는 모습을 보고 난 타냐는 그 심정을 이해한 듯 방에 틀어박혀 하루 종일 울고 있었다.

 온실에서는 복숭아나무와 살구나무가 벌써 열매를 매달고 있었다. 이 다치기 쉬운 섬세한 과일을 포장해서 모스크바로 보내려면 여간 신경 쓰이는 것이 아니었다. 많은 노력이 필요했다. 여름 내내 무덥고 건조한 탓에 나무 한 그루 한 그루마다 일일이 물을 주어야 했는데 이 또한 많은 시간과 노동력이 드는 일이었다. 해충이 나타나면 일꾼들은 물론이고 페소츠키와 타냐마저도 손가락으로 바로 눌러 죽이곤 했다.

그 광경을 본 코브린은 경악을 금치 못했다. 그 바쁜 와중에 가을철까지 과일과 묘목을 보내 달라는 주문도 밀려왔다. 계약이 이루어지기까지 여러 번 편지를 주고받아야 했다. 게다가 어느 한 사람 손 쉴 틈이 없어 보이는 가장 분주한 시기에 밭일을 처리하느라 과수원 일꾼의 절반 이상이 빠져나가고 말았다. 잔뜩 화가 나고 걱정에 사로잡힌 페소츠키는 과수원과 밭을 오가며 사람들이 자기를 갈가리 찢어놓고 있다느니, 이마에 권총을 쏴 자살해버리겠다느니 하는 독설을 늘어놓았다.

그렇다고 결혼 준비를 소홀히 할 수도 없었다. 페소츠키는 여기에도 적지 않은 정성을 기울였다. 혼수용 그릇들이 달그락 소리를 내고 재봉틀이 돌아갔으며 다리미가 발갛게 달아올랐다. 신경이 날카로운 재단사는 이런저런 변덕을 부렸다. 집안 사람들 모두가 머리가 어질어질할 정도였다. 매일같이 찾아오는 손님을 접대하고 때로는 잠까지 재워야 했다. 하지만 이 모든 골치 아픈 일들은 마치 안개에 싸인 듯 어리둥절하는 사이에 흘러갔다.

타냐는 열네 살 때부터 결국 코브린이 자기와 결혼하게 되리라 믿어왔지만 그럼에도 불구하고 갑자기 찾아온 사랑과 행복에 어쩔 줄 몰랐다. 놀랍고 당황스러우면서도 자기 자신을 믿을 수 없었다. 하늘에라도 날아올라 신께 감사하고 싶을 정도로 기쁨에 넘치다가도 이제 8월이면 아버지 곁과 정든 집을 떠나야 한다는 생각에 금방 슬퍼졌다. 자신은 코브린처럼 위대한 사람과는 절대 어울리지 않는 초라한 존재라는 생각도 들었다. 그럴 때면 방에 틀어박혀 문을 잠그고 몇 시간이고 서럽게 울어댔다.

코브린이 어떤 여자든 한눈에 반할 만큼 멋진 남자로 보였고 모두 자기를 부러워할 것이라는 생각에 마음이 한없이 부풀어올랐다. 온 세상을 얻은 듯 자랑스럽기도 했다. 하지만 그러다가도 누군가 다른 젊은 아가씨가 코브린에게 미소를 짓기만 해도 질투심에 몸을 떨며 다시 혼자 눈물을 흘리곤 했다. 이런 새로운 감정에 온통 사로잡힌 타냐는 아버지 일을 돕는 것도 소홀하게 되었다. 복숭아나무에도, 해충에도, 일꾼들에게도 제대로 신경을 기울이지 못했던 것이다. 그러면서 시간은 빠르게 흘러갔다.

하긴 페소츠키도 비슷한 상황이었다. 아침부터 밤까지 동동거리며 일하고 무언가 잘못되면 벌컥 화를 냈지만 이 모두가 마법에 빠진 듯, 반쯤 잠든 상태에서 일어나는 것만 같았다. 마치 두 사람의 페소츠키가 존재하는 듯했다. 한쪽은 정원사의 말을 들은 후 문제를 지적하고 노여워하며 머리를 움켜쥐는 현실적인 사람이었고, 다른 한쪽은 술에 취한 것처럼 갑자기 무슨 말인가를 하다가 입을 다물어버리고 정원사의 어깨를 쓰다듬으며 혼잣말을 하는 비현실적인 사람이었다. 혼잣말은 대충 이러했다.

"뭐니뭐니해도 피가 중요하다니까. 그 애 어머니는 정말로 심성 좋고 지혜롭고 대단한 분이셨지. 그 선하고 순수한 얼굴은 바라만 보아도 기분이 좋아질 정도였다니까. 그야말로 천사가 따로 없었어. 그림도 잘 그리고 시도 잘 쓰고 외국어는 다섯 개나 했지. 노래도 물론 잘 부르고 말야⋯⋯. 아깝게도 폐병으로 일찍 세상을 뜨고 말았다네. 분명 천국에 갔을 거야⋯⋯."

그러고는 한숨을 쉬고 잠시 말을 멈추었다가는 계속하는 것이었다.

"우리 집에서 자라던 어린 시절의 그 아이도 천사처럼 선하고 또렷한 얼굴을 하고 있었어. 시선이나 몸 움직임이나 말소리가 모두 어머니를 꼭 닮아 부드럽고 우아했지. 머리는 좋았느냐고? 늘 주변 사람들을 놀라게 할 정도였어. 박사가 된 것도 당연한 일이지! 아무나 그렇게 되는 게 아니라니까! 한번 생각을 해보게. 10년쯤 후면 그가 어떤 사람이 되어 있을 것 같나? 아마 감히 똑바로 쳐다보지도 못할걸!"

그러다가는 현실적인 페소츠키로 되돌아와 갑자기 정신을 차린 듯 무서운 얼굴을 하고 고함을 질렀다.

"이런, 빌어먹을! 이게 도대체 뭐란 말이야! 과수원을 다 망쳐버렸잖아! 이제 끝장이야!"

반면 코브린은 전과 다름없이 열심히 공부했다. 어수선한 주변 상황은 눈치조차 채지 못하는 듯했다. 사랑은 불에 기름을 부은 격이었다. 타냐를 보고 나면 행복과 희열에 가득 찼고 타냐에게 입 맞추고 사랑을 고백하던 바로 그 열정으로 책과 연구에 매달렸다. 신에 의해 선택된 사람, 영원한 진실, 인류의 빛나는 미래 등 검은 수사가 말해준 것들은 그의 공부에 더욱 특별한 의미를 부여했고, 자기 자신이 고귀한 존재라는 확신을 갖게 했다. 한 주에 한두 번씩 그는 공원이나 집에서 검은 수사와 만났고 오랫동안 대화를 나누었다. 이제 그런 만남은 공포스럽기는커녕 한없이 기쁜 일이었다. 이상을 실현하기 위해 선택된 뛰어난 사람만이 그런 만남의 기회를 가질 수 있다고 굳게 믿었기 때문이다.

어느 날 수사는 식사 시간에 나타났다. 코브린은 기쁨에 넘쳐 페소츠키와 타냐를 상대로 수사가 흥미 있어 할 만한 내용을 떠들어댔다. 식탁의 빈 의자에 앉은 검은 옷의 손님은 들으면서 고개를 끄덕였다. 페소츠키와 타냐도 즐거운 듯 미소 지으며 이야기를 들었지만 코브린이 자기들이 아닌 자신의 환영과 대화하는 것 같다는 생각을 했다.

어느새 8월의 성모 승천제가 다가왔고 곧 결혼식 날이 되었다. 페소츠키가 간절히 바라던 대로 어느 모로 보나 손색이 없는 잔치가 이틀 동안 계속되었다. 수많은 손님이 모여 떠들썩하게 먹고 마셨다. 하지만 악단의 연주 소리와 고함에 가까운 건배 소리, 하인들의 분주한 발걸음 소리 등 온갖 소음과 북적거림 때문에 값비싼 포도주의 맛도, 특별히 모스크바에서 주문해 온 먹음직스러운 음식의 풍미도 제대로 느끼기는 어려웠다.

7

 기나긴 겨울밤 코브린은 침대에 누워 프랑스 소설을 읽고 있었다. 익숙하지 못한 도시 생활로 저녁마다 두통에 시달리는 타냐는 벌써 잠이 들었고 가끔씩 중얼중얼 잠꼬대를 했다.

 시계를 보니 3시였다. 코브린은 촛불을 끄고 누웠지만 눈을 감고 한참 기다려도 잠이 들지 않았다. 침실이 너무 덥기도 했고 타냐의 잠꼬대도 방해가 되었다. 다시 불을 밝히고 시계를 보니 4시 30분이었다. 그러자 침대 옆 안락의자에 앉아 있는 검은 수사의 모습이 보였다.

 "안녕하신가."

 수사가 인사를 건넸다. 그러고는 한참 후에 물었다.

 "지금은 무슨 생각을 하고 있나?"

 "명예에 대해서요."

 코브린이 대답했다.

"지금 읽고 있는 프랑스 소설에 젊은 학자가 나옵니다. 바보스러운 짓을 저지르고는 실추된 명예 때문에 괴로워하지요. 하지만 그 괴로움이 잘 이해되지 않습니다."

"그건 자네가 현명하기 때문이네. 자네에게 명예란 중요하지 않은 문제거든."

"그건 그렇습니다."

"자네는 공명심에 불타지 않아. 제아무리 멋진 금박으로 묘비에 이름을 새긴다 해도 세월이 지나면 희미해지는 법이지. 그래도 다행히 자네 같은 사람이 많은 덕분에 기억력이 형편없는 인류가 일부라도 이름을 기억하는 걸세."

"알겠습니다. 도대체 왜 기억을 해야 하는 건지······. 아니, 이제 다른 이야기를 합시다. 행복은 어떨까요? 과연 행복이란 무엇입니까?"

시계가 5시를 알렸을 때 코브린은 여전히 침대에 걸터앉은 채 수사와 이야기를 나누고 있었다.

"오래전 어느 행복한 사람이 결국에는 자기 행복을 두려워하게 되었다죠. 그토록 행복이 컸던 겁니다! 그래서 그는 신들의 동정을 사기 위해 가장 아끼는 보석 반지를 바쳤다고 합니다. 그런데 저 역시 슬

슬 제 행복이 두려워지고 있습니다. 아침부터 밤까지 오로지 기쁨만 느끼고 그로 인해 다른 감정을 잃어버리는 것이 참으로 이상하군요. 이제 저는 불안, 슬픔, 외로움 같은 것을 모르게 되었습니다. 불면증으로 잠을 못 자기는 하지만 그래도 울적하지는 않죠. 솔직히 말씀드려 이런 상황을 이해하기 어렵습니다."

"무엇이 두렵단 말인가? 기쁨은 최고의 감정이고 극히 정상적인 상태가 아닌가? 지적 도덕적 성장이 높아지고 더 자유로워질수록 그 삶에는 더 큰 만족감이 주어지는 셈이네. 소크라테스, 디오게네스, 마르쿠스 아우렐리우스 또한 슬픔이 아닌 기쁨을 경험했네. 성경에도 늘 기뻐하라고 나와 있지. 기뻐하며 행복해하라고 말일세."

"그러다가 갑자기 신들이 화를 내견 어떻게 되지요?"

코브린이 웃으며 말했다.

"그래서 안락함을 빼앗고 추위와 배고픔을 내린다면요. 그런 상태는 절대로 마음에 들지 않는데요."

어느새 깨어난 타냐가 새파랗게 질린 표정으로 남편을 바라보았다. 그는 텅 빈 의자를 향해 손짓을 하고 미소 지으며 무언가 열심히 말하고 있었다. 코브린의 두 눈은 빛났고 얼굴에는 낯선 미소가 가득했다.

"여보, 대체 누구랑 이야기하는 거지요?"

타냐가 남편의 팔을 잡으며 물었다. 수사를 향해 내밀었던 팔이었다.

"누구랑 얘기하느냐고?"

코브린은 당황했다.

"그야 여기 앉아 있는 분이지."

코브린이 검은 수사를 가리켰다.

"여긴 아무도 없다니까요! 여보, 당신 병이 난 모양이에요!"

타냐는 남편을 꼭 껴안았다. 환각에서 남편을 보호하려는 듯한 자세였다. 그리고 손으로 남편의 눈을 가렸다.

"당신은 병이 난 거예요!"

타냐가 온몸을 떨며 흐느꼈다.

"벌써 오래전부터 이상하다고 생각해 왔어요. 당신 영혼이 무슨 이유 때문인지 파괴되는 것 같았어요. 정신병에 걸린 거예요……. 맙소사."

주체할 수 없이 온몸을 떠는 타냐의 경련이 코브린에게도 전해졌다. 다시 의자를 보았지만 이미 텅 비어 있었다. 갑자기 손발에 힘이 빠지는 느낌이었다. 그는 서둘러 옷을 입었다.

"타냐, 아무 일도 아니야. 아무 일도 아니라고."

코브린도 몸을 떨며 중얼거렸다.

"정말로 내가 좀 이상해진 모양이오. 이제 그걸 인정해야 할 때가 온 것 같아."

"전 벌써 오래전부터 알고 있었어요. 아버지도 그랬고요."

타냐가 흐느낌을 참으며 말했다.

"당신은 혼자서 열심히 이야기하고 이상한 미소를 짓곤 했거든요……. 잠도 자지 않고요. 오, 하느님, 우리를 돌보아주소서!"

타냐는 공포 속에서 계속 말했다.

"하지만 걱정 말아요. 하느님이 지켜주실 거예요. 무서워할 필요는 없어요……."

타냐도 옷을 입기 시작했다. 그런 타냐를 보고서야 코브린은 검은 수사와 만나 이야기를 나누었던 행동이 얼마나 위험한 것이었는지 깨달을 수 있었다. 자기는 미친 것이 틀림없다는 생각이 들었다.

부부는 그렇게 이유도 모르면서 옷을 챙겨 입고 거실로 나갔다. 타냐가 앞장서고 코브린이 뒤를 따랐다. 거실에는 타냐의 울음소리에 잠을 깬 페소츠키가 잠옷 바람에 촛불을 들고 서 있었다. 시집간 딸이 보고 싶어 마침 와 있던 참이었다.

"당신은 걱정 말아요."

타냐가 계속 몸을 떨며 말했다.

"걱정 마세요……. 아버지, 다 잘될 거예요. 잘될 거라니까요……."

코브린은 마음이 혼란스러워 입을 열 수 없었다. 장인에게 '축하해주십시오. 제가 돌았나 봅니다.'라고 농담을 던지고 싶었지만 입술을 달싹거리며 쓴웃음을 지을 뿐이었다.

아침 10시에 타냐와 페소츠키는 코브린에게 외투를 입힌 후 마차에 태워 의사에게 데리고 갔다. 그리고 치료가 시작되었다.

8

 다시 여름이 돌아왔다. 의사는 코브린에게 시골로 가서 지내다 오라고 했다. 코브린은 이미 건강해졌고 검은 수사를 보는 일도 없어졌다. 몸에 힘만 좀 더 기르면 되는 정도였다. 시골 장인댁에서 지내면서 그는 우유를 많이 마시고 하루에 두 시간만 공부했다. 포도주를 마시거나 담배를 피우는 일도 없었다.

 7월의 성 일리야제를 앞두고 집에서 저녁 기도가 있었다. 사제가 향로를 흔들자 넓은 거실 전체가 마치 묘지 같은 냄새를 풍겼다. 코브린은 지루한 느낌이 들어 과수원으로 나갔다. 화려하지 피어 있는 꽃들은 쳐다보지도 않고 걸어갔고 벤치에 잠시 앉았다가 다시 걸어 강에 다다랐다. 그는 아래쪽으로 내려가 강물을 바라보며 생각에 잠겼다. 1년 전, 젊고 활기차며 행복했던 그를 바라보았던 소나무는 이제 마치 그를 전혀 모른다는 듯이 가만히 서 있었다. 하긴 코브린 자신도 변했다. 길었던 붉은 머리털이 짧아졌고 걸음걸이는 힘이 없었다. 얼굴도 작년 여름과 비교하면 더 살이 쪘지만 창백했다.

그는 나무다리를 건너 건너편으로 갔다. 작년에 호밀밭이 펼쳐졌던 벌판에는 베어낸 귀리가 줄지어 누워 있었다. 해는 이미 기울었고 지평선에 붉은 노을이 깔렸다. 내일은 바람이 많이 불 것 같았다. 사방이 고요했다. 작년에 처음으로 검은 수사가 나타났던 쪽을 바라보면서 노을빛이 다 사라질 때까지 한참을 서 있었다.

불만스러운 얼굴로 휘청거리며 집에 돌아왔을 때 저녁 기도는 이미 끝난 후였다. 페소츠키와 타냐는 발코니 계단에 앉아 차를 마시고 있었다. 두런두런 나누던 이야기는 코브린이 나타나자 갑자기 끊어져 버렸다. 표정들로 보아 그의 이야기를 하고 있었던 것이 분명했다.

"당신, 우유 마실 시간이네요."

타냐가 말했다.

"아직 아냐."

코브린은 제일 아래쪽 계단에 걸터앉았다.

"어서 마셔요."

타냐는 아버지와 근심스러운 눈짓을 주고받은 뒤

주눅 든 목소리로 말했다.

"당신도 알잖아요. 당신한테 우유가 얼마나 좋은데요."

"물론 아주 좋지!"

코브린이 냉소적인 미소를 지었다.

"당신에게 고마울 뿐이오. 지난 금요일 이후로 몸무게가 벌써 한 근은 늘었으니."

그는 두 손으로 머리를 감싸고 고통스러운 듯 말을 이었다.

"어째서 나를 이렇게 만든 거요? 무위도식하며 약이나 먹고 뜨거운 물에 목욕이나 하며 지내도록 말이오. 뭘 잘못 먹지 않는지, 어디 엉뚱한 곳에 가지 않는지 끊임없이 감시받는 식이라면 결국 난 바보가 될 수밖에 없어. 예전의 나는 정신이 이상했는지는 몰라도 위대한 과업을 꿈꾸었고 밝고 건강했소. 행복하기까지 했지. 총명했고 개성이 강했소. 하지만 이제 나는 다른 사람과 똑같이 되고 말았소……. 사는 게 지겨워진 거요. 정말이지 당신은 얼마나 철저하게 나를 돌보았는지 모르오. 내가 전에 환영을 보았다 칩시다. 하지만 그게 다른 사람에게 무슨 문제란 말이오? 대답을 해봐요. 그게 무슨 문제요?"

"자네는 정말 알 수 없는 소리를 하는군! 그런 소리는 제발 그만하게."

페소츠키가 한숨을 내쉬며 말했다.

"그렇다면 듣지 마십시오!"

이제 페소츠키 같은 사람이 곁에 있다는 것만으로도 코브린은 화가 났다. 그는 장인에게 냉랭하고 무례하게 대했다. 아니, 경멸과 증오에 가득 차 페소츠키를 쳐다보려 하지도 않았다. 그럴 때면 페소츠키는 어쩔 줄 몰라 무슨 죄라도 지은 듯 헛기침을 해대는 것이었다. 도대체 자기가 무슨 죄를 지은 것인지 알 수 없었지만 말이다. 한때 그토록 다정하고 좋았던 관계가 어떻게 이런 식으로 망가졌는지 이해가 되지 않는 타냐는 아버지 입장이 가슴 아파 불안한 눈빛으로 아버지 쪽을 흘끗 바라보았다. 이유는 알 수 없지만 코브린과 페소츠키의 관계가 점점 더 나빠진다는 점은 분명했다. 페소츠키는 갑자기 늙어버렸고 코브린은 걸핏하면 화를 내고 변덕을 부리는가 하면 사소한 일에도 트집을 잡으며 냉랭하게 굴었다.

타냐는 더 이상 웃거나 노래하지 않았다. 식탁에서 아무것도 먹지 않았고 밤새도록 잠을 이루지 못했다. 무언가 끔찍한 일이 벌어질 것만 같았다. 너무도 쇠

약해진 나머지 한번은 점심때 기절해 쓰러졌다가 저녁때까지 깨어나지 못하기도 했다. 저녁 기도 때 타냐는 아버지가 눈물을 흘리는 것 같다고 생각했었다. 그리고 이제 남편이 돌아와 세 사람이 나란히 앉은 지금은 아까 일을 생각지 않으려고 온 힘을 다해 노력하고 있었다.

"부처나 마호메트, 셰익스피어는 얼마나 행복했을까요? 가족이나 의사가 그 기쁨과 희열 상태를 치료하려 들지 않았으니까요!"

코브린이 말했다.

"마호메트가 신경 안정제를 먹고 하루에 두 시간만 일을 하며 우유를 마셨다면, 그 위대한 인물이 후세에 남길 수 있는 것이란 아마 거의 없었겠지요. 결국 의사나 가족이란 인류를 멍청하게 만들어버릴 뿐이에요. 평범한 사람이 영웅으로 여겨지고 문명은 시드는 겁니다. 정말이지 내가 얼마나 당신들에게 감사한지 모를 겁니다!"

코브린은 탄식조로 말을 맺었다. 갑자기 분노가 치밀어올랐다. 더 이상 험한 말이 나오지 않게끔 코브린은 급히 몸을 일으켜 집 안으로 들어갔다. 조용했다. 열린 창을 통해 과수원으로부터 담배 냄새와 덩

굴풀 향기가 풍겨왔다. 어두운 거실 바닥과 피아노 위로 달빛이 초록빛 반점을 찍어놓고 있었다. 코브린은 지난여름 덩굴풀 향기가 나고 달빛이 창을 비추던 때의 희열을 떠올렸다. 작년 그때의 기분을 되돌아가기 위해 그는 서둘러 서재로 갔다. 담배를 피워 물고 포도주를 가져오게 했다. 하지만 담배는 쓰고 싫을 뿐이었다. 포도주도 작년의 그 맛이 아니었다. 과거의 습관에서 이토록 멀어지다니! 담배 한 대, 포도주 두 모금에 그는 머리가 어질어질했고 심장이 두근거렸다. 급히 약을 찾아 먹어야 했다.

잠자리에 들기 전 타냐가 남편에게 말을 걸었다.

"아버지는 당신을 정말 사랑하세요. 당신이 화를 내면 얼마나 상심하시는지 몰라요. 좀 보세요, 아버지는 매일, 아니 매시간 늙어가고 있어요. 제발 부탁해요. 돌아가신 당신 아버지를 생각해서라도, 저를 봐서라도 제발 아버지와 사이좋게 지내줘요."

"그럴 수도 없고 그러고 싶지도 않소."

"아니, 왜요?"

타냐는 온몸을 떨며 물었다.

"설명해주세요. 왜 그렇죠?"

"그건 당신 아버지가 내 마음에 들지 않기 때문이

야. 그것뿐이오."

코브린은 내뱉듯 말하고 어깨를 으쓱해 보였다.

"하지만 그런 이야기는 그만둡시다. 어떻든 당신 아버지니까 말이오."

"도대체, 도대체 이해할 수가 없어요!"

타냐는 이마를 짚은 채 한 곳을 응시하며 말을 이었다.

"우리에게 무언가 무서운 일이 일어나고 있어요. 당신은 변했어요. 전혀 다른 사람이 되었다니까요……. 현명하고 뛰어났던 당신이 이제는 사소한 일로 화를 내고 말다툼을 벌이죠. 전 같으면 그저 좀 놀라고 지나가 버릴 일에도 흥분하고 말이에요. 당신도 그렇다고 생각하죠? 아니, 화내지 말아요."

자기 말이 어떤 반응을 불러일으킬지 두려운 듯 타냐가 남편 손에 입을 맞추고 말을 이었다.

"당신은 현명하고 선량한 사람이에요. 아버지를 공정하게 대해줘요. 정말 좋은 분이잖아요!"

"당신 아버지는 좋은 분이 아니오. 그저 친절한 사람일 뿐이지. 희극에 등장하는 배부른 멍청이 같다고나 할까. 유달리 남 대접을 좋아하는 괴짜 말이오. 난 한때 연극 무대나 소설에서 그런 사람을 보면 마음이 편해졌지만 이제는 딱 질색이야. 뼛속까지 철저한 이기주의자들이거든. 무엇보다도 그 배부른, 고집스러운 낙관론이 싫소. 소나 멧돼지와 다름없는 인생이야."

타냐는 침대에 걸터앉아 머리를 베개에 기댔다.

"이건 고문이에요."

극도로 지쳐버려 말을 잇는 것조차 힘겨운 듯한 목소리였다.

"지난겨울부터 단 한 순간도 마음 편한 때가 없었어요……. 정말 끔찍해요. 이토록 고통스러울 수가……."

"그래, 난 폭군이야! 당신과 당신 아버지는 가련한 피해자에 불과하지! 그렇고말고!"

타냐는 코브린의 얼굴이 더 이상 아름답거나 다정하게 보이지 않았다. 미움과 멸시라는 말로는 충분치 않았다. 벌써 눈치채왔던 것이지만 코브린의 얼굴에는 무언가가 결핍되어 있었다. 머리를 짧게 자른 이후 얼굴 자체가 바뀌어버린 것 같았다. 타냐는 남편에게 모욕적인 말을 던지고 싶었지만 그래서는 안 된다는 생각에 욕실로 들어가 버렸다.

9

 코브린은 대학에서 단독 강좌를 맡게 되었다. 첫 수업이 12월 2일에 시작될 것이라는 공고문이 나붙었다. 하지만 바로 그날 코브린은 병 때문에 강의를 진행할 수 없다고 알렸다.

 그는 피를 토하고 있었다. 침을 뱉듯 피를 뱉어냈다. 한 달에 두 번 정도는 아주 많이 토했고 그럴 때면 기진맥진해서 혼미한 상태로 쓰러지곤 했다. 코브린에게 이 같은 증상은 낯선 병이 아니었다. 돌아가신 어머니가 10년 넘게 이런 증세를 보였던 것이다. 의사도 특별히 위험할 것은 없으며 그저 너무 흥분하지 말고 규칙적으로 생활하며 말을 좀 적게 하라고 권할 뿐이었다.

 1월에도 같은 이유로 강좌가 시작되지 못했다. 2월이 되자 이미 너무 늦어버려 다음 해로 미룰 수밖에 없었다.

 코브린은 이제 타냐가 아닌 다른 여인과 함께 살고

있었다. 그보다 나이가 두 살 많고 어린아이를 돌보듯 그를 챙겨주는 바르바라 니콜라예브나라는 여인이었다. 그는 아주 고분고분하게 시키는 대로 잘 따랐다. 마음 상태도 편안했다. 바르바라 니콜라예브나가 크림 지역으로 요양을 가자고 하자 아무 소용없으리라 생각하면서도 별말 없이 그렇게 하기로 했다.

두 사람은 저녁 무렵에 세바스토폴에 도착해 여관에 묵었다. 하룻밤 쉬었다가 다음날 얄타로 갈 예정이었다. 여행길에 지쳐버린 바르바라 니콜라예브나는 차를 마신 후 금방 잠이 들었다. 하지만 코브린은 잠자리에 들지 않았다. 그날 기차역으로 출발하기 한 시간 전에 받은 타냐의 편지가 주머니에 들어 있었다. 아직 뜯지 못한 그 편지 생각에 코브린은 마음이 어지러웠다.

마음속 깊은 곳에서는 타냐와의 결혼이 실수였다고 확신했고 결국 헤어진 것이 다행이라 여겼다. 하지만 상대를 응시하는 크고 지혜로운 눈을 제외하고는 산송장 같이 되어버린 타냐의 모습을 떠올리면 스스로 비참한 생각이 들었다. 봉투에 적힌 타냐의 필체는 2년 전 그가 자신의 공허함, 지루함, 외로움, 인생에 대한 불만 등을 죄 없는 사람들 탓으로 돌리며 얼마나 부당하고 못되게 굴었는지를 떠올리게 했다.

어느 날인가 학위 논문과 아픈 와중에 썼던 모든 글을 갈가리 찢어 창밖으로 던져버렸던 일도 기억났다. 종이 조각들은 바람을 타고 날아가 나무와 꽃을 하얗게 뒤덮었다. 종이 조각에 쓰인 글 한 줄 한 줄이 이유 없이 낯설고 싫었다. 설익은 열정, 뻔뻔스러움, 위대한 업적에 대한 집착 등 자신의 결함을 보여주는 듯했다. 마지막 한 장까지 찢어 창밖으로 버렸을 때 갑자기 너무도 큰 분노와 슬픔이 밀려와 그는 아내에게 온갖 험한 소리를 퍼부었다. 아아, 얼마나 타냐를 힘들게 했던 것일까!

그저 타냐를 괴롭힐 작정으로, 예전에 페소츠키가 사위가 되어달라고 애걸했고 자기는 그 말을 들어준 것뿐이라 말하기도 했다. 그 말소리를 듣게 된 페소츠키는 놀라 방으로 뛰어들어왔지만 너무도 큰 절망감에 단 한마디도 하지 못하고 한자리에 못 박힌 듯 선 채 마치 혀가 잘려버리기라도 한 듯 신음할 뿐이었다. 그런 아버지를 본 타냐는 찢어질 듯 비명을 지르고 기절해 쓰러졌다. 정말이지 끔찍한 일이었다.

그 모든 일이 머리를 스쳐갔다. 코브린은 발코니로 나갔다. 조용하고 따뜻한 밤이었다. 바다 내음이 풍겨왔다. 아름다운 바다 위로 달빛과 불빛이 반사되어 무어라 형언하기 어려운 색깔을 띠었다. 푸른색이 초록색과 아주 부드럽게 합쳐졌다고나 할까. 수면 일부는 푸른빛이었고 다른 일부는 달빛이 모여 바다를 채운 듯 환했다. 전체적으로 이 색깔들은 너무도 조화로웠다. 절로 마음이 평화로워지고 정신이 고양되는 풍경이었다.

발코니 아래층 창문이 열려 있는지 여자 목소리와 웃음소리가 들려왔다. 아마 무슨 모임이 벌어지는 모양이었다.

코브린은 용기를 내어 편지를 뜯었다. 그리고 방으로 들어와 읽기 시작했다.

아버지가 돌아가셨어요. 당신 탓이에요. 당신이 아버지를 죽인 겁니다. 우리 과수원도 죽어가고 있죠. 낯선 사람들이 과수원을 맡았어요. 불쌍한 아버지가 가장 두려워하시던 일이 벌어진 셈이죠. 전 이 역시 당신 탓이라 생각해요.

온 마음을 다 바쳐 당신을 증오합니다. 어서 빨리 당신이 죽어버렸으면 해요. 제가 얼마나 큰 괴로움을 겪고 있는지! 견디기 어려운 고통으로 제 영혼이 까맣게 타버렸어요. 당신은 저주받아야 해요.

한때 전 당신을 비범한 사람으로, 천재로 여겼지요. 그리고 당신을 사랑했어요. 하지만 결국 당신은 정신병자일 뿐이었어요.

 더 이상 읽을 수가 없었다. 코브린은 편지를 찢어 던져버렸다. 공포에 가까운 불안감이 몰려왔다. 칸막이 뒤의 침대에서 잠자고 있는 바르바라 니콜라예브나의 숨소리가 들려왔다. 아래층에서도 여자들 웃음소리가 울렸다. 하지만 코브린에게는 여관 전체에 자기 혼자뿐 달리 살아 있는 사람은 아무도 없는 듯 느껴졌다. 괴로움에 사로잡힌 불행한 타냐가 그를 저주하고 어서 죽어버리기를 기원한다는 편지 내용 때문에 무서운 생각이 들었다. 그는 문 쪽을 곁눈질했다. 지난 2년 동안 그의 인생, 그리고 그와 가까웠던 사람들의 인생을 철저히 파괴해버린 그 알 수 없는 힘이 방으로 들어와 다시 그를 사로잡을까 봐 겁이 난다는 듯이.

 신경이 날카로울 때면 일만큼 좋은 해결책이 없다는 것을 코브린은 이미 경험으로 알고 있었다. 책상에 앉아 뭐든 한 가지 생각에 집중하면 될 것이었다. 그는 붉은 가방에서 공책 한 권을 꺼냈다. 연구 논문들의 개요를 간략하게 정리해 둔 공책으로 크림 지역에서 너무 지루할 때를 대비해 가져온 것이었다. 그 공책을 읽고 있자니 다시금 평온하고 침착한 마음 상태로 돌아가는 듯했다. 세상사란 모두 무의미한 거라는 생각까지 들었다.

그는 하찮고 평범하기 짝이 없는 행복을 위해 인생이 얼마나 많은 것을 요구하는지, 또 인생이 인간에게 대체 무엇을 주는지에 대해 생각했다. 그 자신만 해도 40세 무렵에 강의를 맡기 위해, 평범한 교수가 되어 다른 사람의 별것도 아닌 사상을 공허하고 어려운 말로 지루하게 떠들기 위해, 결국 한마디로 말해 중간 정도의 학자가 되기 위해 15년 동안 밤낮으로 공부에 매달리고 극심한 정신 질환을 앓는가 하면 결혼에 실패하고 두 번 다시 생각하기도 싫을 만큼 어리석고 불공정한 행동을 해야 했던 것이다. 이제 코브린은 자신이 지극히 평범하다는 사실을 분명히 인식했다. 그리고 자기 정도면 누구든 당연히 만족할 거라는 생각을 기꺼이 받아들였다.

공책은 그를 편안하게 만들었지만 찢어진 편지 조각이 바닥에 널려 있는 모습이 신경에 거슬렸다. 그는 책상에서 일어나 종이 조각을 모아 창밖으로 던졌다. 하지만 바다에서 미풍이 불어오면서 종이 조각들은 창턱에 떨어졌다. 다시금 공포에 가까운 불안이 그를 사로잡았다. 여관 전체에 그를 제외하고는 살아 있는 사람이 아무도 없는 듯했다……. 그는 발코니로 나갔다. 바다는 마치 생명체인 양 하늘색, 푸른색, 옥색, 붉은색 눈빛으로 그를 유인했다. 무덥고 답답했기 때문에 수영을 해도 좋을 것 같았다.

갑자기 아래층에서 바이올린 소리가 울리더니 여자 두 명이 노래를 부르기 시작했다. 어쩐지 낯익은 곡이었다. 한밤중에 정원에서 아름답고 신비로운 소리를 듣고 이는 인간처럼 유한한 존재가 이해할 수 없는 성스러운 소리라고 생각하게 된 소녀에 대한 노래였다……. 코브린은 숨이 막혔다. 심장이 슬픔으로 죄어들었다. 벌써 오래전에 잊어버린, 놀랍고 달콤한 기쁨이 가슴속에 용솟음쳤다.

바다 건너편에서 회오리바람같이 보이는 커다란 검은 기둥이 나타났다. 그리고는 놀라운 속도로 바다를 건너 여관 쪽으로 다가왔다. 가까워질수록 형상은 점점 작아지고 분명해졌다. 코브린은 순간적으로 비켜섰다. 회색 머리에 검은 눈썹을 가진 맨발의 수사가 가슴에 성호를 그으며 곁을 스쳐 가더니 방 한가운데 멈춰 섰다.

"대체 왜 나를 믿지 않았던 건가?"

수사가 질책하듯 물었다.

"자네가 천재라는 내 말을 믿었다면 지난 2년 동안 그렇게 슬프고 외롭지는 않았을 걸세."

코브린은 자신이 선택된 천재라 믿었던 시절을, 이전에 검은 수사와 나누었던 모든 이야기를 생생하게 기억해냈다. 무슨 말인가 하려 했지만 갑자기 목에서 피가 솟구쳐 가슴으로 흘러내렸다. 어찌할 바 모른 채 그는 가슴을 움켜잡았다. 곧 옷소매도 피투성이가 되었다. 안쪽에서 자고 있는 바르바라 니콜라예브나를 불러야 했다. 그는 온몸의 힘을 쥐어짜 외쳤다.

"타냐!"

그는 바닥에 쓰러졌다. 잠시 후 손을 짚고 간신히 상체를 일으키고는 다시 외쳤다.

"타냐!"

그는 타냐를, 이슬 머금은 화려한 꽃들로 가득한 커다란 과수원을, 공원을, 소나무와 털 많은 동물의 발처럼 보이는 소나무 뿌리를, 호밀밭을, 자기 학문을, 젊음과 용기를, 기쁨을, 너무도 아름다웠던 인생을 불렀다.

바닥에는 이미 피가 가득 고여 있었다. 한마디 더 내뱉을 기력도 없었지만 형언할 수 없는 무한한 행복이 그의 몸을 가득 채웠다. 발코니 아래쪽에서는 세레나데가 울렸고 검은 수사는 그가 천재이고 이 죽음은 허약한 인간의 신체가 균형을 잃어 더 이상 천재를 위해 일할 수 없기 때문이라고 속삭였다.

바르바라 니콜라예브나가 잠에서 깨어나 침대 밖으로 나왔을 때 코브린은 이미 죽은 후였고 그 얼굴에는 더없이 행복한 미소가 어려 있었다.

작품 해설

현실의 모순과 부조화 속에
더 나은 세상을 꿈꾸다

이상원(번역가)

안톤 체호프Anton Pavlovich Chekhov는 1860년 러시아 제국의 해안도시 타간로그에서 태어나 1904년, 불과 44세의 나이로 일찍 세상을 떠났다. 그는 작가인 동시에 모스크바 의과대학을 졸업한 의사였다. 전업 의사로 활동한 기간은 길지 않으나 학생일 때나 이후에나 무료 진료 활동을 종종 했다고 한다. 가족의 생계를 위해 잡지에 단편 소설을 기고하며 작가 생활을 시작했다.

체호프는 대대로 농노였다가 할아버지가 장사로 돈을 벌어 자유를 얻게 된 가족 출신이다. 당시 러시아를 포함해 유럽 전체에서 작가는 귀족의 직업이었으므로 작가로 유명해진 그가 하층민 의사 신분이라는 것이 알려졌을 때 적지 않은 충격이 있었다고 한다. 체호프 작품에는 귀족 뿐 아니라 러시아 농민들, 관리, 학자, 상인, 심지어 강도까지 다양한 인물이 등장하는데, 이는 작가의 다채로운 이력과 경험이 반영

된 것으로 보인다.

이 책에 실린 단편들만 봐도 제화공 견습생인 아홉 살 꼬마, 신학생 청년, 학교 선생님, 시골로 출장 간 측량기사, 학자 등 연령이나 성격, 삶의 모습이 서로 다른 이들이 각자의 이야기를 펼치고 있다.

제화공 견습생으로 살면서 배고픔과 폭력에 시달리는 아홉 살 꼬마 반카가 떠나온 시골의 삶을 그리워하며 유일한 혈육인 할아버지에게 편지를 쓰는 장면을 담은 「반카」.

성탄절이지만 반카는 슬프기만 하다. 모두 미사를 보러 가 집이 텅 빈 덕분에 간신히 편지 쓸 여유를 얻지만 여전히 사방을 힐끔거리며 눈치를 본다. 할아버지께 다시 시골로 데려가 달라고 쓰다가 행복했던 성탄의 추억을 떠올린다. 반카의 처지에 가슴 아파진 독자는 어서 할아버지가 와서 손자를 구출해주기를 바라게 되지만 그 바람은 무참히 깨지고 서글픔이 절정에 달한다.

반카는 편지를 반으로 접어 전날 사놓은 봉투에 넣었다. 잠시 궁리하다가 펜에 잉크를 적셔 주소를 썼다. '시골에 계신 할아버지께.' 머리를 긁적이며 다시 생각을 하더니 '콘스탄틴 마카르이치'라고 덧붙였다.

시골의 할아버지에게 돌아갈 방법이 없는 반카는 그 가혹한 환경에서도 무사히 성장해 제화공이 되었을까?

그러나 체호프는 독자를 차디찬 현실에만 던져두지 않는다. 이어지는 「학생」이라는 작품은 신학교 학생인 22세 청년 이반이 부활절을 맞아 집으로 돌아가는 여정의 몇 시간을 그리고 있다.

특별한 사건은 일어나지 않는다. 추위를 피하기 위해 채소밭의 과부 모녀가 피워놓은 모닥불에 학생이 다가가 몸을 녹이면서 대화를 나누는 것이 전부다. 학생은 예수가 체포당한 날 베드로가 모닥불을 쬐면서 새벽닭이 울기 전에 세 차례나 예수를 알지 못한다고 말했던 그 유명한 장면에 대해 말한다. 두 과부는 학생의 이야기를 듣고 눈물을 흘리고 당황한 표정을 짓는다. 학생은 자리에서 일어나 인사를 하고 다시 집으로 향한다. 여기서 소설은 끝이 나버리니 극적인 전환을 기대했던 독자라면 실망할 수도 있겠다.

하지만 과부 모녀와 이야기를 나누기 전과 후에 학생은 달라져 있다. 대화 전에는 여러 세기가 흐르는 동안 변하지 않는 세상(매서운 바람, 지독한 가난, 인간의 무지)에 의기소침했다면, 대화 후에는 예수가 활동했던 때부터 '인간의 삶을 좌우했던 진리와 아름다움은 오늘날까지 변함없이 전해졌고 인간의 삶, 아니 이 세상 전체에서 언제나 주된 역할을 해온 것'이라는 깨달음을 얻고 인생의 행복과 가치를 느낀다.

갑자기 온몸에 기쁨이 넘쳐 올랐다. 잠시 호흡을 가다듬기 위해 걸음을 멈춰야 할 정도였다. 학생은 생각했다.
'끊이지 않고 앞뒤로 연결되는 사건의 사슬을 통해 과거는 현재로 이어진다. 그런데 방금 그 연결된 사슬의 양쪽 끝을 보게 된 것이다. 한쪽을 건드리자 다른 쪽이 진동했다.'

이처럼 체호프의 단편들은 다양하고 평범한 인간 군상의 일상적인 삶에 주목한다. 하지만 그와 동시에 삶의 일상성에 갇히거나 지나치게 벗어난 인간 유형을 다루며 경고의 메시지를 던지기도 한다. 「상자 속의 사나이」를 보자. 두 사냥꾼이 하룻밤을 보내면서 대화를 나누는데, 벨리코프라는 독특한 인물의 특성과 일화가 주된 소재다.

벨리코프는 '날씨가 아주 좋을 때도 솜을 넣은 두툼한 외투 차림에 방수 덧신을 신고 우산을 챙겨든 채 외출'하는 사람, '생각마저도 상자 속에 감춰두려' 하면서 무언가를 금지하는 규칙에 철저히 매달리는 사람, 이로 인해 주변 모든 이까지도 그의 눈치를 보면서 자유롭게 행동하지 못하게 만드는 사람이다.

독신이었던 벨리코프가 새로 부임한 선생의 누이와 만나게 되고 온 주민의 독려를 받으면서 결혼 직전까지 가는 상황이 전개된다. 하지만 벨리코프가 받아들일 수 없는 온갖 사건, 우리 눈에는 신경 쓰이거나 창피할 수는 있어도 결정적인 영향을 미칠 정도는 아닌 일들이 연이어 발생하고 결국 이를 견디지 못한 벨리코프가 시름시름 앓다가 끝내 죽는 것으로 이야기는 마무리된다.

"솔직히 벨리코프 같은 사람의 장례를 치른다는 건 아주 기쁜 일이었죠. 묘지에서 돌아오는 우리 일행은 그 기쁨의 감정을 숨기려는 듯 저마다 엄숙한 표정을 하고 있었어요. 그 감정은 아주 오래 전의 어린 시절, 어른들이 집을 비우고 나가면 한두 시간 정도 마음껏 즐겁게 놀면서 느끼던 바로 그런 것이었어요. 아,

자유, 자유! 아주 자그마한 가능성이나 희망만 있다 해도 마음을 들뜨게 하는 것이 자유 아니겠어요?

그렇게 우리는 기분 좋은 상태로 묘지에서 돌아왔어요. 하지만 일주일도 채 흐르기 전에 우리 생활은 종전과 다름없이 단조롭고 무의미하게 이어지더군요. 공식적으로 금지된 것도 없었지만 그렇다고 모든 것이 완전히 허락되지도 않은 그런 생활 말이에요. 벨리코프는 땅에 묻혔지만 그렇게 상자 속에 사는 사람이 세상에는 얼마나 많겠어요! 앞으로도 무수히 많이 나오겠지요."

벨리코프의 장례식 이후 벌어진 상황은 어떤가. 드디어 자유를 얻었다고 안도했지만 불과 일주일 만에 모두가 예전 생활로 돌아오고 만다. 이것은 결국 정도의 차이가 있을 뿐 우리 모두 스스로 자유를 제한한 채 상자 속에 들어가 있는 존재임을 암시한다. 벨리코프는 우리가 미처 깨닫지 못하고 있는 자기 모습을 보여주는 우화적 존재다. '뭐, 이런 사람이 다 있어!'라고 어이없는 미소를 짓다가 불현듯 찬물을 뒤집어쓰게 하는 결말이라고나 할까.

이 책에 실린 가장 긴 작품인 「검은 수사」는 벨리코프와 반대로, 삶의 일상성에서 멀리 벗어나고자 하는 인간 유형을 보여준다.

신경 쇠약에 시달리던 주인공 코브린 박사는 요양차 고아인 자신을 맡아 길러 주었던 페소츠키의 집으로 향한다. 페소츠키와 그의 딸 타냐는 코브린을 '비범한 인간'으로 추앙한다. 코브린 또한 자신이 비범한 인간임을 믿어 의심치 않는데, 오직 그에게만 보이는 검은 수사가 등장하며 이 믿음은 더욱 강해진다.

"자네는 신이 선택한 몇 안 되는 사람 중 하나지. 영원한 진실을 탐구하는 사람 말이야. 자네의 모든 생각, 계획, 학문, 인생 전체에 하늘의 낙인이 찍혀 있는 것이나 다름없어. 그 모두가 지혜나 아름다움, 다시 말해 영원을 위해 존재하지."

코브린 박사는 전설 속의 검은 수사와 만나 대화를 나누면서 자신의 비범함을 확신하고 내면의 기쁨과 환희를 느낀다. 하지만 그러면 그럴수록 평범한 일상은 무너져 간다. 신혼의 아내와 장인이 기대하는 평범한 삶을 하찮게 여기고 외면하면서 점점 관계가 악화된다.

검은 수사는 코브린이 만들어 낸, 코브린의 상상 속 존재다. '인류를 영원한 진실로 인도하는 과업',

'신에 의해 선택된 사람' 등 검은 수사가 말하는 그의 비범함 역시 자신의 바람이요, 믿음이라 볼 수 있다. 코브린은 그 믿음을 위해 아내와 장인의 삶을 파괴하고 만다. 그럼에도 끝까지 믿음을 지켜내지는 못한다.

그는 하찮고 평범하기 짝이 없는 행복을 위해 인생이 얼마나 많은 것을 요구하는지, 또 인생이 인간에게 대체 무엇을 주는지에 대해 생각했다. 그 자신만 해도 40세 무렵에 강의를 맡기 위해, 평범한 교수가 되어 다른 사람의 별 것도 아닌 사상을 공허하고 어려운 말로 지루하게 떠들기 위해, 결국 한마디로 말해 중간 정도의 학자가 되기 위해 15년 동안 밤낮으로 공부에 매달리고 극심한 정신 질환을 앓는가 하면 결혼에 실패하고 두 번 다시 생각하기도 싫을 만큼 어리석고 불공정한 행동을 해야 했던 것이다. 이제 코브린은 자신이 지극히 평범하다는 사실을 분명히 인식했다.

결국 코브린은 '지극히 평범한' 자신을 발견한다. 그리고 검은 수사가 지켜보는 가운데 피를 토하며 숨을 거둔다.

체호프는 「상자 속의 사나이」를 통해 일상의 세계

에 함몰되는 것을 경계하면서도, 「검은 수사」를 통해 평범한 일상의 가치를 되새기게 한다. 인간의 위대함에 대해 묻는 한편, 삶의 진정한 가치란 평범한 인간의 일상에 존재하는 작지만 소중한 가치들에 있다고 말하는 것이다.

체호프는 자신이 글을 쓰는 이유에 대해 이렇게 말했다.

"나는 사람들이 스스로를 돌아보고 인생이 얼마나 추악한지 깨닫게 하고 싶다. 그렇게 깨달은 후에야 더 좋은 삶을 만들어갈 수 있기 때문이다. 모든 사람이 더 좋은 삶을 살게 되려면 오래 기다려야 할 것이고 아마 난 그날을 보지 못할 것이다. 하지만 그런 세상은 분명 지금과는 전혀 다를 것이다."

그는 44년의 짧은 생을 살았지만 600편이 넘는 단편 소설을 남겼다. 귀족 사회가 몰락하고 새로운 사회가 등장하는 변혁의 시대를 살았던 그는 현실 생활의 비극성에서 오는 모순과 부조화를 작품 속에서 그리며 19세기 러시아 문학 황금시대의 마지막을 장식한 대문호로 꼽힌다.

이 책의 이야기 다섯 편으로 체호프의 작품을 처음 접했다면, 그의 다른 작품들을 만나보길 권한다. 짧지만 깊은 그의 단편을 통해 더 풍성한 통찰을 얻기를. 또한 희곡 작가로서의 명성이 더욱 드높았던 체호프의 희곡 작품을 만날 기회도 가진다면 좋겠다. 「갈매기」, 「바냐 아저씨」, 「세 자매」, 「벚꽃 동산」 등 그의 희곡 작품은 한국 연극 무대에도 끊임없이 오르고 있으니 말이다.

더 알아보기

1. 체호프의 총

안톤 체호프가 제시한 문학 장치론을 '체호프의 총'이라 부른다. 이야기에 무의미한 부분이 없어야 한다는 의미로, 그는 "이야기와 직접적인 관계가 없는 것들은 무자비하게 버려야 한다. 예를 들어 1장에서 총을 소개했다면 2장이나 3장에서는 반드시 총을 쏴야 하며, 만약 쏘지 않을 것이라면 과감하게 없애 버려야 한다."라고 말했다.

2. 체호프 문학 기념관 단지

모스크바에서 60여 킬로미터 떨어진 작은 시골 마을 멜리호보에 가면 체호프의 흔적을 만나볼 수 있다. 1892년부터 1899년까지 7년 동안 체호프가 이곳에서 살았던 곳으로, 현재는 자택, 진료소, 소극장 등 여러 채의 건물로 이루어진 체호프 문학 기념관 단지가 조성되어 있다.

3. 체호프의 외투

체호프는 훌륭한 의사이기도 했다. 겨울에는 움직임이 자유롭지 못한 농노들을 위해 이웃한 세 곳의 마을을 순회하며 왕진을 다녔다. 진료비는 무료였으며, 왕진도 힘든 한겨울에는 집필에 집중하여 생계를 이어갔다. 콜레라가 발병한 2년 동안은 '콜레라 의사'라고 불릴 정도로 의사로서의 역할을 충실히 했으며, 하녀들의 위생과 문맹을 개선하기 위해 지도했다.

4. 다정한 체호프

체호프는 밭에 약초를 키우기도 하고 정원 가꾸는 일을 좋아하여 18그루의 사과나무, 60그루의 벚나무 등을 손수 심었다고 한다. 부활절이나 크리스마스에는 빵을 만들어 이웃과 나누는 정 많은 사람이었다고 한다.

5. 체호프의 수첩

체호프에게 글은 고상한 사상이나 거대한 담론의 도구가 아니었다. 그가 쓰는 글의 주제는 자신이 본 것과 경험한 모든 것이었다. 그가 세상을 떠나기 얼마 전 가린—미하일롭스키라는 작가를 만난 체호프는 그의 수첩을 보여주며 이렇게 말했다.

"아직 사용하지 않은 자료가 500장 정도 됩니다. 5년 정도 글을 쓸 수 있는 분량이죠. 이걸로 작품을 내면 가족이 별걱정 없이 살 수 있을 겁니다."

6. 쓸개 빠진 남자

체호프는 모스크바대학 재학 중에 가족을 부양하기 위해 단편 소설을 쓰기 시작했다. 처음에는 필명으로 유머 잡지에 글을 썼는데, '안토샤 체혼테', '내 형의 아우', '쓸개 빠진 남자'가 그 필명이었다고 한다. 이후 의사 생활을 병행하며 글을 썼는데 1884년 당대 최고의 작가 그리고로비치가 천재적인 재능을 낭비하지 말고 문학에 집중하라는 편지를 보내왔고, 1887년부터 체호프는 전업 작가로서의 길을 걷는다.

검은 수사

초판 1쇄 인쇄 2025년 9월 1일
초판 1쇄 발행 2025년 9월 10일

지은이	안톤 체호프
옮긴이	이상원
펴낸이	정용철
편집	이민애, 박혜빈, 강시현
디자인	김현주, 구세영, 이예은
콘텐츠 총괄	정다정
영업·마케팅	김상길, 이성수, 권지은, 정황규, 어은진, 최서연
경영지원	송윤경, 김나현
펴낸곳	㈜좋은생각사람들
주소	서울시 마포구 월드컵북로22 영준빌딩 2층
이메일	book@positive.co.kr
출판등록	2004년 8월 4일 제2004-000184호
ISBN	979-11-93300-50-3 04800
	979-11-93300-60-2 04800 (set)

- 책값은 뒤표지에 표시되어 있습니다.
- 이 책의 내용을 재사용하려면 반드시 저작권자와 (주)좋은생각사람들 양측의 서면 동의를 받아야 합니다.
- 잘못 만들어진 책은 구입하신 곳에서 바꿔 드립니다.

좋은생각은 긍정, 희망, 사랑, 위로, 즐거움을 불어넣는 책을 만듭니다.
positivebook_insta   www.positive.co.kr